夜鳥夏彦の骨董喫茶

硝子町玻璃

メゾン文庫

目次

Yatori Natsuhiko's Antique cafe
Presented by Hari Garasumachi
Illust by Shizu Yamauchi

Episode.1

忘却から愛と贖罪を込めて

Yatori Natsuhiko's Antique cafe
Presented by Hari Garasumachi
Illust by Shizu Yamauchi

――では、次のニュースです。食事をろくに与えられず衰弱していた幼児が発見されました。また、幼児の体には複数の痣《あざ》が……。

テレビの画面が別のニュース番組に切り替わる。明るい話題だったのか、ニュースキャスターやコメンテーターはにこやかな顔をしている。

その光景をぼんやり眺めていた深山頼政《みやまよりまさ》は自分がテレビのリモコンを掴《つか》んでチャンネルを変えていたことにようやく気付いた。

自分だけの食卓ではないのだ。慌てて口を開いた。

「ごめん。何も言わないで勝手に変えて」

「ん？　別にいいわよ。お母さんも朝から重いニュースを見るのはそんなに好きじゃないから。ね？」

妻に話を振られた男は納豆を混ぜるのに必死になっていたようで、そもそもテレビに意識を向けてすらいなかったらしい。不思議そうに顔を上げて「どうした？」と聞いてきた。

「ほら、この人はこの人でご飯の時はテレビ見る人じゃないし。だから全然気にしなくていいわよ」

「そういえば頼政。今日お前大学休みだからバイトに行くのか」

「うん。夕飯はいつも通りお店で食べてくるから」

「じゃあ、うちにいっぱいあるじゃがいも持たせればいいんじゃないか？」

「そうねぇ。いつ食べきれるか分からないし、あんまり日にちが経《た》ちすぎると芽が出てきちゃうし」

両親の会話を聞きながら、頼政は数日前に母の実家から送られてきた段ボールを思い出す。

母方の実家は農業をしており、月に一度野菜が大量に送られてくる。今回はじゃがいもの量が多く、食べても食べてもキリがない状況だった。夏に送られてくるトマトや茄子《なす》など傷むスピードが早く、短期決戦型よりはマシで食費が浮くのはありがたいが、消費に困るのも事実だった。

「それじゃ、林檎《りんご》も持っていってもいい？　デザートあったほうがあの人喜ぶんだよ」

「いいけど……うーん」

「ダメだった？」

どこか複雑そうな表情の母に頼政がそう尋ねるも、「そうじゃなくて」と返される。

「あなたのそういうマメなところ、もっと皆に見てもらえればいいんだけど。それで友達できると思うわよ」

「できるって……増えるとかじゃなくてそっち⁉」

「だって！　あなた、大学に入ってから全然お友達の話しないじゃない。高校の時はご飯の時に色んな人の名前出してたけど、今は彼だけよ」

「ウッ」

痛いところを突かれて頼政は何も言い返せなかった。

そう、頼政は無事に大学に進学できたものの、青春を謳歌《おうか》するために最も必要とされる人間関係をほとんど作り上げていなかった。授業の時も食事の時も常に一人だ。それがすでに一年半続いている。

一人が大好き、孤独を愛しているとかではない。

高校の頃は友人と呼べる存在が何人もいた。ただ、大学ではその彼らとも疎遠になってしまっただけであって。

朝食を終え、部屋に戻ってから頼政はそのことをずっと考え続けていた。そして、ある可能性が浮かんだと同時に机の上に置いていたスマホが一瞬震えた。

画面を見ると、Ｔｗｉｔｔｅｒの通知だった。

何だ、と気になって開いて頼政は心臓が跳ね上がるような思いをした。

「え、うおっ⁉」

今度、皆でオフ会しませんか。そんな内容のＤＭに頼政はつい声を出してしまっていた。

オフ会というものに憧れを持っていた頼政にとってはまさに願ったり叶《かな》ったりのお誘いだ。

これを機にネット上だけでなく、実際に会って遊ぶような仲に。そんなささやかな希望を持って頼政は返事をすることにした。

「…………」

――ごめん、その日はちょっと都合悪いからまた誘って。本当にごめん。

「ちくしょおぉぉぉぉ‼」

その文面の返事を送り、頼政は机に突っ伏した。夕飯後の出来事である。

ああ、やってしまった。もうこれで後戻りはできない。できるかもしれないが、あとで発言を撤回したら、それはそれで迷惑だろう。

オフ会に行きたい気持ちはあった。

しかし、同時に怖いという気持ちも存在した。

会ったらカツアゲされるとか暴力を振るわれるとか犯罪に繋《つな》がるような恐怖ではなく、ちゃんと馴染《なじ》めるだろうかという不安で不参加を決めてしまっていた。

友達を作りたい気持ちは強いのに、自分からは行動が起こせない。数分前に自覚した自らの短所に泣きそうになる。

高校の時もそうだった。頼政から歩み寄ったのではなく、ほとんどが向こうから話しかけてくれて友人関係を築くことができた。

これでは友人を作るのではなく、友人になってくれた、のほうが合っている。

そして、大学ではまだ菩薩《ぼさつ》のような人物に巡り会えていない。だから、友人がまだ一人もいない。

「……母さんは僕の本質をしっかり見抜いてたんだなぁ」

別に人見知りなわけではない。始めの踏み込みが悪いだけだ、なんて言い訳にもならない。

凄《すさ》まじい自己嫌悪に襲われながらも、頼政は支度を始める。

どんなに最悪な気分であっても、それがバイトを遅刻していい理由にはならない。

用意を済ませたら台所に行ってじゃがいもと林檎をビニール袋に詰め込む。

スープジャーには朝の味噌汁の残りを入れて、あらかじめ握っておいたおにぎりを巾着袋に収めたら準備万端だ。

「行ってきます！」

この家にやってきてから必ず欠かしたことがない習慣がいくつかある。その一つが挨拶だ。

行ってきます、行ってらっしゃい。ただいま、おかえりなさい。

あまりにもありきたりな言葉たちは、頼政にこの家の一員であると実感させてくれた。

†

深山家から徒歩とバスで約二十分。多くのビルが聳《そび》え立つ都会の隅で、二階建ての店は静かに佇《たたず》んでいた。

淡い灰色の外壁には植物の蔓《つる》のようなイラストが黒いペンキで描かれており、「close」と書かれた黒い立て看板はちょこんと座った猫の形をしている。

骨董喫茶店『彼方《かなた》』。それがこの店の名前であり、頼政のバイト先でもある。

見慣れた建物が見え始め、頼政は歩く速度を少しだけ速めた。

開店時間まではまだまだ余裕はある。何を急いでいるのかと言えば、店ではなく店長のことだった。

寝汚《いぎたな》いわけではないはずなのだが、彼は基本的に一度寝てしまうと中々起きないタイプだ。

なので、頼政がこうして早朝にやって来て起こす係を担っていた。強要されたのではないし、宣言もしていないが暗黙の了解となりつつある。

本人曰《いわ》く、平日は目覚まし時計を三個使用することで何とか起床するのだが、たまには彼らを休ませたいというわけの分からない理由で土日はその目覚まし時計を使っていないのだ。

変な形で時計たちを労《いた》わるくらいなら、毎日三個使用せず一個ずつ交代制にしてやれと頼政はこの話を聞くたびに思う。

が、今日はいつもと違うようだ。薄暗い店内を動く人影があった。先ほどとは別の理由で歩くスピードが速くなる。

窓硝子《まどがらす》を数回軽くノックするように叩《たた》くと、こちらに背を向けてテーブルを拭いていた人物が振り向いた。

まるで人形のように美しい顔立ちをした美青年。

彼を一言で言い現すならばそれが相応《ふさわ》しいだろう。実際、客たちが小声でそう言っているのを頼政は何度も聞いている。

ちなみに頼政は容姿に関してあまり褒められたことはない。

一度だけ「中の中くらいかな」なる評価を聞いてしまったことがある。その日の夜は十分くらい鏡で自分の顔を見詰めていた。

黒服を纏《まと》った長身。

どこか儚《はかな》げな美貌と日の光を一切浴びていないかのような白い肌。それでいて妖艶な雰囲気を漂わせる切れ長の瞳。癖のない黒い髪。

なるほど、頼政には持っていないものを彼はすべて持っている。そのことに妬みめいた感情は湧かないが、羨ましいとは感じてしまう。

頼政だけではなく、世間の男性から羨望の眼差しを向けられるであろう彼は窓際まで寄ると、窓を開けて柔らかな笑顔を見せた。

「おはよう、頼政」

「おはようございます、夜鳥《やとり》さん」

この喫茶店の店長である青年の名前は夜鳥夏彦《なつひこ》という。あまり夏らしい見た目でもないので、頼政は彼を姓で呼んでいる。

「夜鳥さんがこの時間に起きてるなんて珍しいですね。てっきり強盗に入られたのかと……」

「朝から電話がかかってきてね。二度寝はそんなに好きなわけではないし、仕方ないから起きたんだよ」

「二度寝が好きじゃないって……目覚まし時計三個使ってる夜鳥さんには言う資格ないんじゃ」

「好きじゃないけど、二度寝しないとは言ってないよ。ほら、入っておいで」

玄関のドアが開かれたので、そこから店内に入る。

普段は裏口から入って、店に入る前に夜鳥を起こしに行く。一階は店になっているが、二階は夜鳥の居住エリアだ。そこに向かい、ベットで爆睡している男を叩き起こす。起こしたら持参してきた朝食を食べさせる。

と、寝坊助の息子の世話をする母親のような作業が頼政の最初の仕事なのだが、この様子だと朝食も自分で済ませてしまっているかもしれない。

鞄《かばん》の中に入れているスープジャーとおにぎりがずしりと重みを増した気がした。いや、まあ自分で食べてくれているならそれに越したことはないのだが。

「……ちなみに朝ごはんは何食べたんですか？　ちゃんと米は食べましたよね？　ゼリーだけとか、白米だけとかは食事って言わないですよ」

「え?」

頼政の質問に夜鳥は幼い子供のように純粋無垢《じゅんすいむく》な目をした。

「……? 夜鳥さん? 僕、今日夜鳥さんが朝ごはん何食べたか聞いてるんだけ、ど」

「そんなもの食べてないよ」

「えー⁉ 食ってないのかよ⁉」

心底呆《あき》れた様子で頼政が叫ぶ。

「何で食べないで普通に店の準備してんの⁉ お腹空いてないの⁉」

「うん。いつも言っているだろう。私は一日一食とおやつがあれば稼働できるって」

「稼働って言うな、ロボットみたいで何か怖い! あと不摂生にもほどがあるよ! 死ぬから! 若い時からそんな生活送ってたら……」

頼政は深くため息をついてから鞄の中からスープジャーとおにぎりが入った巾着袋を取り出すと、それを夜鳥に押し付けるように渡した。

夜鳥が食べないなら、あとで昼にこっそり食べようと思っていたが、それはあくまで彼が何らかの食べ物を口にしていることが前提となる。

何も食べなくても大丈夫という理論を鵜呑《うの》みにする気はない。

頼政には世話焼きの癖はないものの、放っておけば本当に一日一食とおやつだけで乗り切ろうとする夜鳥に危機感を覚え、バイトの日はこうして簡単な朝食を用意するようになった。

なので、土日の深山家の朝食は頼政が作り、その残りをこうして夜鳥に提供していた。案の定、夜鳥は微妙そうな顔をする。小学生か、と彼よりも年下である頼政は思った。

「味噌汁とおにぎり……朝から渋いなぁ」

「味噌汁の具はさつまいもと葱《ねぎ》と豆腐。おにぎりの具は蜂蜜梅で甘酸っぱいからアンタでもいけると思いますよ」

「本当かい？　さすが、私の頼政は私のことをよぉく理解している。ありがとう」

夜鳥は甘いもの好きだった。

「夜鳥さん早く食べてきちゃってください。店の掃除は僕がするから」

「はいはい」

店の奥に消えていく夜鳥を見送ったあと、頼政は店内を見回した。

丸型の木のテーブルと座り心地を重視して椅子を選んだのは頼政だ。

テーブルにはメニュー表やナプキンが設置されている他、世界中のお菓子や紅茶の種類などを紹介している蘊蓄《うんちく》表のようなものがある。注文の品がくるまでの間の退屈しのぎとして置いたものだが、これがわりと好評だったりする。

客はほぼ女性。

主なメニューはケーキやサンドイッチなどの軽食。どこにでもあるような普通の喫茶店だ。ショーケースの中で飾られている骨董品類の存在さえ省けば店自体はあまり広くなく、客の定員は十人。

壷、ランプ、食器、アクセサリー、時計など。

夜鳥曰く年代物のそれらは要望があればケースから取り出して実際に触れることもできるし（手袋の着用が条件となるが）、買取りも可能だ。

骨董品を見ながら茶や食事を楽しむ。それがこの『彼方』の経営理念らしい。

ちなみに主にキッチンは頼政、給仕は夜鳥の役割だ。

（その経営理念しっかり守れてるのか？　これは……）

焼き上がったアップルパイを切り分けながら頼政はふと疑問に思う。

ちらりと厨房《ちゅうぼう》から店内を覗《のぞ》いてみれば、先ほど入店した女性客たちが骨董品には目もくれずに雑談している。

週に二回、頼政の大学が休みの日だけ喫茶店の機能を果たしている『彼方』だが、客たちの狙いの大半はデザートと夜鳥だ。

骨董品は完全にオブジェ扱いで興味は一欠片《ひとかけら》もない様子である。

彼女たちにとっては、生きる美術品と言っても過言ではない夜鳥のほうが価値があるのだろう。これでは骨董喫茶店ではなく、ただの喫茶店だった。

「アップルパイ焼き上がりました」と書かれた札をレジの横に置くと、それに気付いた客から早速注文が入った。それも一人で二ピース。アップルパイは秋の時期しか出さない限定のメニューで、今一番売れている。

程よく酸味が残るようにコンポートした林檎を生地に包んで焼いたそれは、香ばしいパイと甘酸っぱい林檎のそれぞれ異なる食感を味わえる上、甘さも控えめなのでいくらでも食べられると好評だ。この辺りは頼政が好みで作った結果でもある。

頼政自身ケーキや甘いものが好きなので、最初は美味しくて次々と食べるのだが、しばらくすると満腹になっていないのにもう食べられないことがよくあった。甘さに疲れてしまうのだ。

なので、自分で作る時は砂糖の甘みではなく、素材の味をより深く感じるように作っていた。

このアップルパイはそのこだわりが特に強く出ている。そんな手作りのアップルパイが売れている事実は何だか気恥ずかしい。

「あ、頼政。私の分ちゃんと取ってくれてる?」

次々と入るアップルパイの注文に焦った表情で夜鳥が厨房に入ってくる。

「ねーよ、そんなの！　店に全部出しちゃってるわ！」

「それは残念だなぁ」

少し残念そうな顔をされるが、こちらお客様商売である。アップルパイが食べたい店長と客を天秤《てんびん》にかけたら、後者に譲るに決まっている。

「それより、この状況いいんですか？」

「何が？」

自分の分は確保されていないと分かり、少し拗《す》ねた口調で夜鳥が言葉を促す。

自宅から持ってきた林檎であとで何か作ることはまだ黙っておこうと決め、頼政は一抹の不安を口にした。

「この店、このままでいいのかなって思うんですけど。皆、骨董品じゃなくて夜鳥さん見てません？」

「見てるね。うん、女の子にモテるのも辛《つら》い」

「夜鳥さんの苦労はどうでもいいとして、もう少し骨董品にスポット当てる何か……こう……やってみません？」

「別にいいんじゃないのかな？　平日は普通に骨董品屋として、一応儲《もう》かっているし」

夜鳥の言う通りだ。普段は骨董品屋としてマニア向けの営業を行っている。だから骨董品目的の客は喫茶店の『彼方』に訪れることはあまりない。

そして、本人の言葉を信じるならばちゃんと商売にはなっているので経営難を心配する必要はなさそうだ。頼政もちゃんと働いた分だけお給金を貰《もら》っている。

それでも頼政としては、もっと客たちには骨董品に興味を持ってほしいと思う。いつまでもショーケースの中に置かれたままの骨董品たちを見ていると、たまに哀れに思えてしまうから。

「この店の経営理念とは一体どこに行ってしまったんだろ……」

「あまり深く考える必要なんてないと思うけど。どうせ喫茶店のほうは娯楽でやっているだけだし」

「娯楽ですか」

「経営理念なんてそんなのどこの店や企業だってしばらくすれば売上とか効率とかで塗り潰されていくものだよ。そんなことよりも頼政、今日は少しだけ店を閉める時間が遅くなるかもしれないけど大丈夫かい？」

珍しい。いつもなら夕方五時になったらすぐに店を閉めているのに。

「誰か特別なお客さんでもくるんですか？」

「朝電話をかけてきた人。何でも人があんまりいない時がいいってことでね」

「うへぇ……」

詳しい話もしないまま、夜鳥が厨房から出ていく。人があまりいない時。しかも、喫茶店に行くのにわざわざ電話をかけている。何か訳ありの予感がする。

「頼政、三番のテーブルにサンドイッチとフルーツサラダ一人前ずつ」

「は、はい！」

気になりながらも今は目の前の仕事だと、頼政はサンドイッチ用に耳が切られた食パンを用意した。

†

秋になると夕暮れが早くなる。つい一ヶ月ほど前は夕方でもまだ明るかったのに、今は夜になるかならないかの暗さだ。長袖の服を着る人も多くなった。

他の客は全員帰り、夜鳥と頼政だけとなった『彼方』に本日最後の客がやってきたのは、五時になってから二、三分経ってからのことだった。

「いらっしゃいませ、今朝お電話いただいた三上《みかみ》様でよろしいでしょうか？」

「え、あ……はい、閉店したあとなんて無理を言って申し訳ありません」

客は一瞬、夜鳥を見て呆《ほう》けていたが、すぐに深々と頭を下げた。見惚《みと》れていたんだろうな、と頼政は苦笑いを浮かべる。

客は黒髪を後ろで一つに結っており、黒縁眼鏡をかけた物静かそうな女だ。

三十代前半くらいだろうが、目の下には化粧でも誤魔化しきれない黒い隈《くま》ができていた。

頼政の予感はどうやら的中したようだ。緊張していると、隣の男が小さく笑ったのが聞こえた。

「頼政、この方は三上香菜《かな》様。骨董品を売りにきてくれた人」

「えっと、僕は……」

「こっちの彼は私の助手の深山と言います。三上様、彼も同席しても構わないでしょうか？」

「……ええ。このお店の方でしたらそれは構いません」

数秒ほど間を置いてから頷《うなず》く香菜を見たあと、頼政は首を傾《かし》げた。

たまに夜鳥は頼政を助手と呼称する時がある。

骨董品に関してはほぼ知識ゼロの大学生をそんなふうに呼ぶのはどうなのだろう。

今この状況では厨房担当と紹介されるよりはいいのだろうが。

「お話の前に何か温かいものでも。コーヒーと紅茶、どちらがよろしいですか？」

「ありがとうございます。ではコーヒーを」

「かしこまりました。頼政、お願い。三上様はこちらへどうぞ」

夜鳥に促されて店の一番奥のテーブルに案内される香菜とすれ違った瞬間、頼政は違和感めいたものを覚えて振り返った。

「……？」

香菜本人ではなく、香菜が肩から提げているバッグからだろうか。妙な気配を感じる。それは決して気のせいではないだろう。夜鳥も微笑《ほほえ》みながらも、その視線はバッグに注がれている。

あまり変な用件でないといいのだが。頼政は内心祈りつつ、コーヒーカップを手に取った。


「……こちらのものを買い取っていただきたいんです」

頼政が淹《い》れたコーヒーを一口飲んでから香菜はそう話を切りだした。

『彼方』では骨董品の販売だけでなく、買取りも行っている。

平日は夜鳥が直接客の自宅に赴いて出張買取りもしていた。頼政もたまについていく時がある。

希少価値がある商品だと数百万の金が動くという。

「……お電話で話された通り、そちらの品だけで？」

「はい」

香菜が鞄から出したのは黒塗りの置き時計だった。大きさは白菜より少し小さめといったところか。

丁寧に扱われていたようで、金色に光る時計の針は止まっているものの、目立った傷はついていない。夜鳥は時計を見ると、目を細めた。

「これは、誰のものですか？」

「だ、誰のものって……」

「いやいや、あなた自身のものではないでしょう？　骨董品を布か何かで包むことなく、バッグにただ突っ込んで持ってくるなんて粗末な扱いをする人なんて中々いないんですよ」

確かに夜鳥の言う通りだった。

しかも、香菜は素手で時計に触れている。骨董品の価値を理解していない人間の触れ方だと頼政は思えた。

「……だって、私にはこれが高いものだとは思えませんから」

図星だったのか、香菜は苦笑しながら言った。

「私がこうしたせいで買値が下がるならそれでも構いません。何だったら数千円程度でも」

「それはつまり、あなたは金欲しさではなく、ただ手放したくてここにきたわけですね。自分の所有物ではない時計を」

煽《あお》るような物言いをする夜鳥に、香菜の目付きが若干鋭くなる。あ、まずいと頼政が思った瞬間には香菜は声を荒げていた。

「死んだ夫の私物をどうしようと私の勝手じゃないですか……！」

「えっ、死んだ夫？」

思わず頼政がそう呟《つぶや》くと、彼女は気まずそうに口を手で塞いだ。

「……申し訳ありません。取り乱してしまって」

「いや、私も言い方が悪かったですから。それに今朝の電話で旦那様の遺品であることは承知していました。ただ、分からないのがその遺品を何故売り飛ばそうとしているかです。後にトラブルに巻き込まれるのは避けておきたい。そのために理由はこちらも知っておく必要があります」

真顔で淡々と述べる夜鳥に香菜は黙り込んだ。彼女を促すように夜鳥はさらに続けた。

「失礼を承知で尋ねます。金銭に困っていたとか？」

「いえ……」

「ですよね。あなたはいくらで買い取ってもらえるかについてはさして興味がなかった。そうなると……」

「気味が悪くて」

観念したように香菜は口を開き、夜鳥の言葉を遮った。

「……気味が悪いと言いますと？　このデザインが前々から気に入っていなかったということでしょうか」

「そうじゃないんです。その、信じてもらえないかもしれませんけど、最近娘の様子がおかしくなったんです」

切迫した様子で香菜は説明を始めた。

「毎日夕方になると五歳の娘がこの時計を抱き締めて家から出ようとするんです。私が時計を取り上げようとしてもびくともしなくて……しかも、娘はその間のことを一切覚えていないみたいなんです。それがとても怖くて」

夕方になると時計を抱いて、どこかに行こうとする子供。想像して頼政は気味の悪さを感じた。

まるで時計が女の子を操ってどこかへ連れて行こうとしているかのようだ。

「夫は今から二年前に大病を患って亡くなりました。……最後は何もかもが嫌になったんでしょうね。あの人は私や病院の方々に当たり散らすようになって性格も刺々《とげとげ》しくなってしまいました。そして、口癖のようにこう言っていたんです。『いいよな、お前たちは俺と違ってずっと生きていられるんだから』って……」

その時のことを思い出しているのだろう。香菜は両手で自分の体を抱き締めながら首を横に振った。

彼女の表情は恐怖で満ちていた。

「つまりあれですか。三上様はその時計には旦那様の怨念が宿っていて、それがお子さんに危害を加えていると……」

「やっぱり信じてくれませんか？」

「まさか。商売をする上で一番大切なのはお客様からの信用だ。その信用を得るには、まずお客様を信用することです。私は信じますよ。あなたの言葉を」

歌うようにそう語りながら夜鳥に微笑みかけられ、香菜は安堵《あんど》の笑みを浮かべた。

「それじゃあ、この時計買い取ってくれるんですね？」

「金額のほうは今すぐ決めることができませんが、構いませんよ。電話でも話した通り、うちは何でも取り扱いますよ。たとえ、それが曰く付きのものでも。ああ、というより曰く付き大歓迎です」

（言い切ったなぁ、この人）

夜鳥の隣で頼政は渋い顔をした。

それが真実だとしても、曰く付きをガンガン持ってこられたらそれはそれで、祟《たた》りや呪いも恐れぬ店主として骨董業界では有名になりそうだが、喫茶店としてはイメージダウンに繋がりかねない。

「………」

「あの？　助手さん？」

置時計を凝視していた頼政に、香菜が戸惑いの声を上げる。

少し気になったのだ。子供の奇妙な行動の理由が。

亡くなった香菜の夫がそれに関わっているとして、彼の目的が。

だから、小さく深呼吸したあとで、その時計の表面に指を滑らせるように触れた。

目の前が暗くなる。

住宅街、家のリビング、社内、遊園地、レストラン、病院。それらが切り取られて写真のようになり、次々と頼政の目の前に飛び込んでくる。

すべて頼政の知らない場所だった。この光景の持ち主は時計の持ち主だった人間だ。

今よりも少し若い香菜が赤ん坊を抱いて笑いかけてくる写真。赤ん坊が哺乳瓶で一生懸命ミルクを飲む写真。赤ん坊が眠っている写真。

それらを見たあと、頼政はどこかの建物の屋上に佇んでいた。

強烈に痛む掌《てのひら》を見ると両手は傷だらけで血まみれだ。

上を見上げれば綿飴《わたあめ》のように柔らかそうな雲が青い空に漂い、下を見下せば灰色のコンクリートの地面が広がっていた。

あの空に行くためにはまずは下に向かわなければならない。そんな考えが心の中に宿り、頼政の背筋に冷たいものが走る。

頼政自身の思考ではない、これは『彼』のものだ。

彼は、今ここで。

体が勝手に動く。次の瞬間、強烈な浮遊感に襲われた。体が自らの意思で屋上から飛び降りたのである。悲鳴を上げることもできなかった。

頼政は本能から瞼《まぶた》を閉じて数秒後にやってくる衝撃に耐えようとして――――。

「頼政」

馴染みのある声に呼ばれると同時に、上から誰かに腕を掴まれた。

その声が呼び水となったのか、頼政が瞼を開くと周囲の風景がぐにゃりと歪んで絵の具を数種類混ぜたパレットのような複雑な様相となる。

そして、次に瞬きをした時、頼政は彼方の店内で店主の隣に座っていた。

店主は苦笑しながら頼政の顔を覗き込んでいた。

「大丈夫？　いつもよりも深く潜っていたみたいだけど。脂汗すごいよ」

「……大丈夫。ありがとうございます」

まだあの浮遊感が体に残っている。

深呼吸を繰り返していると、不思議そうな顔をした香菜に見られていることに気付いた。何を言うべきか決まっていないのに慌てて取り繕うとする頼政を遮るように夜鳥が口を開く。

「お気になさらず。今のはうちの助手の特殊能力みたいなものですから」

「ちょっと夜鳥さん⁉ 人がせっかく……！」

「特殊能力ですか？ もしかして、この時計に憑《と》り付《つ》いている霊を追い払ってくれたとかでしょうか」

「いいえ。そういう類《たぐい》ではありませんよ」

冗談めいた口調で尋ねる香菜に夜鳥はやんわりと否定した。頼政は諦めの境地に入ったのか、止めようとはしなかった。

「彼の特殊能力というのは物に宿った記憶を読み取るのです。所謂《いわゆる》超能力の一種」

「はあ、何かの番組で見たことがあります。サイコメトリーっていうのですか？」

「そう、それ。彼はそれが使えるんですよ。骨董品屋にはおあつらえ向きでしょう？」

「それは……すごいですね」

「あはは……ありがとうございます」

こんなに棒読みの賞賛があっただろうか。香菜の顔には「絶対に嘘《うそ》だ」と書かれているかのようだった。

それでも社交辞令だと頼政はそれを素直に受け取る振りをした。悪いのは客相手にこれをばらした夜鳥である。

妙な雰囲気になったところで香菜は帰ることになった。

買い取り価格は数日後電話で言い渡すと夜鳥が伝えると、香菜は「ゆっくりでいいですよ。買ってくれるなら」と返した。

「というより、時計を買い取りたいと熱心に語ってくれたのは、あなたぐらいでした。それも朝に電話をした時から。……あと、コーヒーもありがとうございました。とても美味しかったです」

「はい、ありがとうございます」

先ほどよりも情のこもった褒め言葉だった。これは頼政も素直に受け取った。

「では、また今度……ああ、そういえば三上様。一つ伺ってもよろしいですか？」

「何でしょうか？」

「旦那様は病死されたんですよね」

「……病気にかかったと言いませんでしたか？」

「申し訳ありません。念のための確認でした。肌寒くなってきましたので体調を崩されないように」

香菜が店から出ていき、姿が見えなくなるまで見送ったあとに頼政は両手で頭を抱えながらその場に崩れ落ちた。

「ああああ……絶対に変な人だって思われた」

「どんまいだよ、頼政」

「他人事⁉」

「ああいう人には下手に隠すより、はっきり言ったほうがいい。それに向こうだって普通じゃ信じてもらえないような話を引っ提げてここにきたんだ。おあいこだよ」

肩を叩いて励ます夜鳥には同情する気が一切ないようだった。

嘆きつつも頼政は自業自得かと折り合いを付けることにした。あそこで時計に触れて『読んだ』自分が悪い。

「でも、ありがとうございます。名前呼んでくれて」

「君に何かあったら困るのは私だよ。そこは礼は言わなくてもいい。でも、能力を使う時は物を選んだほうがいいよ。この時計みたいに強い思念がこびりついてくると、それに絡め取られてこっちに戻ってこれなくなる」

「すいません、次からもっと気を付けますんで」

たまにこういうことがある。読み取るだけではなく、そこに残っている記憶の中に入り込んで追体験に近い状況に陥ってしまう。

あの屋上での出来事はまさしくそれだ。夜鳥に名前を呼ばれて意識を引き上げてもらわなかったら、心だけがあの世界に閉じ込められたままだった。

この能力とは十年以上の付き合いとなるが、たまにこうしてやらかす。

「で、君は何を見たのかな？　かなりしんどそうにしていたけど」

「えっと……多分、なんだけどあの人の旦那さんの記憶だと思います。それで最後にどこかの屋上から……その」

「飛んだ？」

夜鳥のストレートな質問に頼政はゆっくりと頷いた。

「やっぱりそっちだったんだ」

その反応を見て夜鳥は独り言のように呟く。

「そっちって？」

「あの人、何か隠してたから少し気になってたんだよ。根拠は私の勘だけだったから直接ゲロってくださいとまでは言わなかったけど」

「全然気付かなかった」

「歳を取ればこういうものは嫌でも研ぎ澄まされるものだよ。ほら、私歳だけは無駄に取ってるから。と、それは置いといて、私の勘が正しければ隠し事っていうのは大方旦那のことだ。それが何か分からなかったから試しに『旦那様は病死ですか？』って聞いたら目が一瞬泳いだ。これに加えて君が見た記憶。うん、ビンゴ」

夜鳥がどこか嬉しそうに言う。彼としては自分の勘とやらが当たっていたことが嬉《うれ》しいのだろう。香菜の隠し事そのものにはあまり関心がないようだった。

だが、頼政は違った。

「……どうして、あの人はそれを隠してたんだろ」

「知りたい？」

「そりゃ気になりますよ」

「病死した旦那の霊が憑り付いているかもしれない時計と、自殺した旦那の霊が憑り付いているかもしれない時計。君はどっちが怖いと思う？」

「自殺したほう……って何ですか、この質問」

香菜には到底聞かせられない不謹慎すぎる内容だ。

さすがに眉間に皺《しわ》を寄せる頼政に夜鳥は笑みを消して机の上に置かれたままの時計を手に取った。

「自殺した人間の怨念なんてろくなものじゃない。そんなのが染み付いていると知ったら、いくら曰く付き商品大好き骨董屋でも引き取ってくれないかもしれないとか。……自殺と知られるとまずいことがあるとか」

「知られると……まずいこと」

「私は後者と見た。彼女は私が何が何でも買い取るつもりだと分かっていたから、べらべら喋《しゃべ》っていたし」

「香菜さんもそんなこと言ってましたけど、どんだけ欲しがってたんですか」

頼政が呆れたように言うと、夜鳥は鼻で笑って頼政の肩に手を置いた。

「今、ここで再現してみせようか？」

「いやいや、結構」

頼政は即答した。

「……話戻しますけど、夜鳥さんはそれの見当はついてるんですか？」

その頼政の問いに対して夜鳥は両手を上げて降参のポーズを取った。つまり、ついていないのだろう。

「今日のところはこれでおしまい。頼政、夕飯を作って」

「……もしかしたら、子供のことと何か関係あることなんですかね」

「子供がおかしくなる原因はこの時計で合ってると思うよ。だったら、こうして時計を引き剥《は》がせばもう心配はいらない。私は面白いものをゲットできて、三上さんもほっと一安心。はい、怪奇現象は解決だよ」

「父親が子供に恨みを持っているなんて……本当にそうなのかな」

「あと芋いっぱい持ってきたんだよね？　芋もちってものを作ってよ。あれが食べてみたい」

まったく聞き入れる様子もない。

時計の話を切り上げて夕飯を作れとせがむ夜鳥に頼政は口を閉ざした。こうなった時の彼には何を言っても無駄であることはそれなりに理解している。

この話はもう終わり。香菜の望みは時計の怪異から子供を切り離すことだった。これでいい。

そう分かっていても頼政の脳裏には、『彼』の記憶の映像が残されたままだ。幸せそうな家庭と、屋上から眺めた空と地上。

彼は最期、家族に対して何を思いながら命を絶ったのだろうか。

†

初めて訪れる街はどこか居心地が悪い。走り去るバスを見送りながら頼政は心細さに襲われていた。

やはりやめておくべきだったろうかと、今さらになって後悔し始めてしまう。

昨日の置き時計のことをどうしても頭の中から追い出すことができず、大学が終わるとすぐに今まで乗ったこともないようなバスに乗り込むくらいには。

きょろきょろと周囲を見回してみる。頼政が住んでいる街よりこちらのほうが賑《にぎ》やかで、人の数も多い気がする。人見知りの気はないが、この街にとって異物のように思えてしまう。

早く済ませてしまおう。そう考えつつ歩いていた頼政はふと足を止めた。

カラオケ店の前に十人ほど若者が集まっているのを見付けた。彼らは世代は同じようだが、皆着ている服の傾向がバラバラだったし、皆笑顔でもどこか緊張した様子だった。

オフ会、なのだろうか。多少ぎくしゃくしながらも楽しそうな彼らの姿を見て、頼政は少しだけ後悔した。

(どうして断ってしまったんだろう)

参加すると返事をしておけば一ヶ月後には自分もああいう輪に入れたかもしれないのに、その機会を自分で潰してしまった。今度はいつ誘われるのか分からないのに。けれども、参加すると宣言してしまえば、そこでまたつまらない悩みを抱える自身が目に浮かぶ。

慣れない街で見かけた届かない理想。まだ来たばかりだと言うのに、早速疲れを覚えていた時だ。

頼政のすぐに横に一台の黒い車が停まった。運転席の窓が開き、運転手が頼政に声をかける。

「そこの素敵なお兄さん。この私とカラオケにでも行きませんか？」

直後、頼政はダッシュした。背後から鳴り響くクラクション。

「ギャアアアア!!　逃げろぉ!!」

「こらこら、逃げないの。変な奴《やっ》に見える？」

「変な奴だろ！　何でアンタがここにいんの⁉」

窓から身を乗り出して不服そうに尋ねる夜鳥に、負けじと頼政も叫ぶ。

と、人の視線が気になったのか、夜鳥はため息をついて車をゆっくり前進させて再び頼政の隣に並んだ。

「カラオケは嫌いかい？　じっと店を見ていたくせに」

不審者扱いされたのがよほど嫌だったのか、不満げな表情で夜鳥が尋ねる。

「……見ていたのは店じゃないですよ。それに僕歌下手だし」

彼らはすでに店の中に入ってしまっていた。

「そっか、君はカラオケが苦手なのか。なら、誘いの言葉を改めるよ。そこの深山頼政君、この私とちょっと地獄までドライブに行きませんか？」

「物騒な行き先だな……」

頼政は面倒臭そうに呟きながら助手席に乗り込んだ。

車内は手入れが行き渡っており、ゴミ一つ落ちていない。それと、くどくなくすっきりした柑橘系《かんきつけい》の香りが漂っている。

「それで何で夜鳥さんがここにいるんですか。まさかとは思うけど、僕を尾行したわけじゃ……」

「私は仕事抜きで男を尾行する趣味はないよ。君を見かけたのはたまたま。というか、君つけられてると思って逃げたね？」

「えっ、本当に違うんですか⁉」

「信用ないなぁ、私は」

そう言いながらも笑っている夜鳥に、頼政は力いっぱい叫んだ。

「ねぇよ馬鹿‼」

「それは困った。ああ、ところで昨日きた彼女はこの街に今も住んでいるよ」

「え⁉　まさか、三上さんの家に出向くつもりですか⁉」

「いいや、私が行こうとしていたのは病院。昨日、調べてみたら数年前に一人飛び降り自殺した患者がいた。患者の名前は公表されてなかったけど、行ってみる価値はあると思わない？」

どうやら彼は彼で時計のことが気になっていたらしい。昨日は「今日のところはこれでおしまい」と話を強引に終わらせたくせに。

　すると、頼政が何を考えているか悟ったらしい夜鳥が赤信号で車を停めたと同時に助手に苦笑めいた笑みを向けた。

「君が、気にしていたから、こうして、やって、きたんだよ」

「そんないちいち区切って言わなくても」

「君が何かの手がかりになると思って過去を読み取った時、あの時計と同じ状況になりかねない。今回の件はそういう危うさがある。人の死が主体の出来事には無闇に首を突っ込むべきではないんだよ」

　人の死。その言葉に屋上での浮遊感を思い出す。

　そうだ。頼政が追体験した記憶の持ち主はすでにこの世にはいない。

　顔も名前も分からない死者に関わる。それはまるで霧の中に隠れている化物と接触するようなものだ。それに自殺した人間が残す思念はどれも……。

「でも、僕にはどうしても思えないんですよ。父親が子供を呪っているなんて」

「そうは言うけど、頼政。実際に時計は子供をどこかへ連れていこうとしている。もしかしたら車道に誘い込んで轢《ひ》き殺されるように企《たくら》んでいるかもしれない」

「そうじゃないかもしれない。だって、自分の子供ですよ？」

「だったら妻はどうしてあんなに恐れるのかな？」

夜鳥のどこか冷めた声が車内に響いた。

「自殺した旦那が持っていた時計を子供が離さない。それが何らかの理由でどうしようもなく恐ろしいと感じたから三上香菜は私の店に時計を持ってきた。そこについてはいくら君が訴えても聞き入れてもらえないよ」

「……誤解だったとしたら？」

「誤解？」

「三上さんが怖いって思ってることが実は誤解だったら、きっとこの時計を怖がることもなくなるし、ずっと三上さんのところに置かせてもらえるんじゃないですか？」

時計の持ち主だった男は確かに妻子を愛していたはずなのだ。だったら、このまま終わらせるわけにはいかない。

「別に三上さんとその子供が絶対に知らなきゃいけないってわけじゃないですよ。辛い記憶を無理矢理掘り起こされるの、嫌かもしれないし。……だけど、誰でもいいから旦那さんが何をしようとしてるのか知らないと可哀想だ」

「必死だね、君。その必死さをもっと自分の交遊関係を広げることに使えればいいのに」

「喧嘩《けんか》売ってんですかアンタ⁉」

「あ、やっぱりそこ気にしてたんだ。ほおー……」

「何その哀れみの視線！　……どーせ、どーせ僕には友達なんていませんよ。行きたかったオフ会も断ったぐらいだし」

「ん？　行きたかったのに何で断ったの？」

「…………衝動で」

頼政がそうぼやくと、夜鳥は「可哀想に……」と本気で哀れむように呟いた。

「でも、友達ができたせいで暇な時間なくなって喫茶店辞められたら、新しい人を雇う必要があるからいいか」

「全然よくないよ」

夕日の光を浴びながら黒い乗用車は目的地へと進んでいった。

†

「そういえば、一つ聞きたいんだけど、君はどうやってこの病院のことを知った？

三上香菜の個人情報は君には見せていないはずだよ」

「あ～……」

夜鳥が訝《いぶか》しむような口調で頼政に尋ねたのは、F病院の駐車場に車を停《と》めた直後だった。頼政はその問いに多少答えづらさを感じながら車を降りる。

周辺を見回し、目的のものを見付けたところでそれを指差した。病院の右隣にあるビルだ。そこには青色の看板があった。

「時計の記憶読んだ時にあのビルが見えたんです。そんで、服も病院の患者さんが着てるようなやつだったからもしかしてと思ってネットで調べました」

「なるほど」

夜鳥は病院の屋上を見上げると、「ん?」と首を傾げた。

「……よく、この屋上から飛び降りれたなぁ。君の言うことを信じてないわけじゃないけど、あれは……」

夜鳥が感心した様子で何かを言いかけた時だ。頼政は駐車場の一部分だけが花壇になっていることに気付いた。

夕焼けのせいでオレンジ色に見えるが、恐らくはコスモスだろう花が少し冷たい風に揺られている。

どうして、あの場所だけが。頼政がぼんやり眺めていると、花壇の上に誰かが現れる。

白い入院着を着た男が青ざめた表情でこちらを見ているのだと分かった瞬間、頼政はぎょっとした。男がこの世の存在ではないとすぐに悟ったからだ。

男もすぐに姿を消した。

「いたね、今」

「こんなことで怖がらないの。ああいう奴らの記憶を覗く時があるだろ？」

「びっ、びっくりした……」

「そりゃしてますけど、突然出くわしたらびっくりするじゃないですか……」

能力のおかげというべきか、自分は普通の人間より死者との関わりが深いと自覚している。だからといって、まったく怖くないわけでない。

そもそも頼政はサイコメトリーは使えても、霊感というものはさほど強くはない。今のように見てしまうことはあまりないのだ。表情一つ変えずに花壇を眺めている夜鳥とは違って。

「君は屋上から飛び降りる時、両手が血まみれで痛かったらしいな」

「あー、はい。何かの記憶と混ざってるのかなってそこはあんまり気にしてなかったんですけど」

「今の男も両手を怪我《けが》していたよ。気付かなかったの？」

あの一瞬でそこまで見る余裕などあるはずがない。視線でそう訴えると、夜鳥はそれをからかうことなく病院の屋上をまた見上げた。

「死の渇望は痛みすら凌駕《りょうが》するのか……それとも、病や投薬による副作用で痛覚が使い物にならなくなったのか……」

「夜鳥さーん？　僕にも分かるように説明を……」

「……あなたたち、三上さんのお知り合い？」

背後からの声に振り向くと、看護師の女性が立っていた。頼政たちの様子を見に病院から出てきたらしい。

「えっ、ぼ、僕たちは……」

「ええ。親戚のようなものです」

夜鳥が平然と嘘をついたので、それに賛同するように頼政は頷いた。ここは下手に口を挟むより夜鳥に任せておいたほうが得策だろう。

「彼の最期の場所がここだと聞いたもので」

「……何が原因で亡くなったかはご存知？」

「屋上から飛び降りたと聞きました。……ひょっとすると、この花壇は」

「はい。三上さんは三年前の夕方にちょうどこの場所に落ちたんです。即死……でした」

看護師は辛そうに目を伏せて告げた。

「うちの病院では前にも未遂ではありましたが、同じようなことが起きて以来屋上には有刺鉄線が設置されていたんです。なのに、三上さんは……」

両手が無数の刺に刺されるような痛みを感じた気がして頼政は手を擦《こす》った。

あの時、手が血に染まっていた謎がこれで解けた。

「よっぽど死にたかったんですね、彼は」

夜鳥のその一言に看護師の目付きが鋭くなる。

「そんな言い方やめてください。私たちは三上さんの心のケアもしっかり行っていました」

「失礼しました。彼は随分病院や家族に当たり散らしていたと聞いていましたので、精神状態はあまりよろしくなかったのかと」

「……確かに、確かにそうでした。いくら私たちが尽力してもできないことはあります。現に三上さんを救うことができませんでした……」

「あ、あの、三上さんはそんなに病気重かったんですか?」

これぐらいは聞いても大丈夫だろう。頼政が恐る恐る聞くと、看護師は何とも言えない顔をした。

「五分五分、でした。完治する可能性もあれば、数日後には亡くなる可能性もありましたから。三上さんは相当辛かったと思います。治るか治らないか、そんな中途半端な状態でずっとすごされていました。病気そのものよりも、それで参っていたようです。だから口癖のようにいつも言っていました。『助からないなら助からないと言ってくれ。情けはいらない』と……」

「いつ死ぬかも分からないまま、『助かるかもしれない、だから生きてほしい』なんて周りに言われ続けてたら参りますよ。周囲の人間は本気で救いたいと思っていても、当人にしてみればいつかは助かるだろうから苦しくても生きろと生を強要されたようなものですから」

「あ、あなたはさっきから患者は死んで楽になったような言い方をしますけど、一体どういうつもりですか？　確かに三上さんはこうして亡くなりました。ですが、あなたのその言葉は必死に生きようと足掻《あが》いていた三上さんを愚弄しているとしか思えません！」

声を荒らげる看護師に頼政は思わず肩を震わせた。が、彼女の敵意を直接向けられている夜鳥は平素のままだ。

「失礼。また余計なことを言いました」

「……こちらこそ申し訳ありません。では、私はこれで」

「あ……待ってください！」

病院の中に戻ろうとする看護師を頼政は引き止めた。まだ聞きたいことがあるわけではない。ただ伝えなければならないことがあった。

「あの……病院の人たちは皆立派だと思います。毎日、たくさんの患者を助けようとしてる。だから……」

「……ありがとうございます」

看護師は泣き笑いに近い表情で礼を告げると、控えめな足音を立てながら病院に戻った。

夜鳥は花壇を見下ろしながら口を開いた。

「頼政は軽蔑するかい？　私を」

「何でそこでアンタが話に出てくるんですか？」

心底分からないと言うように困惑する頼政に、夜鳥も視線を泳がせる。

「いいや、私はさっき色々酷《ひど》いことを言った。君はあの看護師のように私を怒らないのかな」

「あの話を病院の人に話す夜鳥さんの無神経ぶりはちょっとアレですけど、ゼロとは言えないでしょ……その、旦那さんがそれが理由で死ぬことを選んだのが」

「まあ、そういうことになるか。子供が時計を夕方になると抱き締めるのは旦那がその頃に死んだから。妻が言っていた通り、旦那は相当追い込まれていた。これで解決だ、帰ろう」

「……でも、まだどこに連れていこうとしていたか分かってないですよ」

「だけど、これ以上は調べようがないさ」

風に揺れるコスモスの花に触れながら頼政は屋上を見上げる。

自殺した理由らしい理由も見付けた。夜鳥の言う通りこれで解決でいいだろう。

だが、まだ終わりではないと残る謎が頼政を引き留めている。

これで終わりにしないでほしい。その思いをここで頼政が拾わなかったとしても、頼政と夜鳥が何か困るわけではなかった。むしろ、これ以上深入りしたら面倒ごとにもなりかねない。

それでも、頼政は彼の思いを拾いたかった。

「頼政？」

「……夜鳥さん、もし僕に何かあったらまた呼んで引き戻してください」

頼政のその言葉に夜鳥は諦めたように肩を落とすと、「いいよ」と返事をした。

「その代わり、焼き林檎作って。あれ昨日食べたらすごい美味かったから今日も食べさせて」

「見返りそんなんでいいの⁉」

随分レベルの低い要求だなと頼政は拍子抜けした。

「じゃあ、見返りレベル少し上げよう。あとで百万円ちょうだい」

少しどころか、びっくりするくらい上昇した。

「高すぎだろ。上手い具合にその焼き林檎と百万の中間……林檎寄りで設定することできないんですか？」

「頼政は我儘《わがまま》だな。ほら、やってみな。危なくなったら、ちゃんと助けるから」

「分かってますよ」

深呼吸してから花壇の土に掌を乗せて意識を集中させる。

黒く染まった視界。そこに雪崩《なだ》れ込んでくる大量の写真の形をした記憶の欠片。

予想はしていたが、この花壇は手入れがきちんとされており、その者たちと思われる思念や記憶ばかりが頼政の中に流れる。

違う。この場所と最も関わりが深いであろう人物が遺したはずのものを求めてさらに集中する。

まだここが駐車場の一部だった頃にその男は自らの命を絶った。

死後、こうして時計に残った思念が我が子に影響を及ぼすほどの未練をあるのなら、それを教えてほしい。

そんな祈りにも似た思いを抱きながら頼政は記憶を漁《あさ》り続けて。


『俺には助かる資格なんてない……』


そして、見付けた。

あまりにも痛々しい思念と記憶を読み取り終えた頼政はそっと土から手を離した。

立ち上がろうとすると、ぐらっと強い目眩《めまい》を感じた。意識を集中させすぎた。

「頼政、気は済んだ？」

「済みました……けど、まだ済んじゃいない」

彼の思念は窺《うかが》い知ることができた。あとはそれをどうすべきか。

「夜鳥さん、相談があるんです」

真剣な表情で相談とやらを持ちかけた助手に、夜鳥は目を丸くしたあとで「明日も林檎で何か作ってくれるなら」と諦めを含んだ笑みを浮かべて答えた。

†

生きたい、と強く願っていたのは本当のことだ。たかが病気でまだ死ぬわけにはいかないと本気でそう思っていた。

結婚する時、妻とは老後は一軒家に住んで犬を飼ってのんびり過ごそうと約束した。まだ二歳の子供もこれからどんどん成長する。その姿をこの目にしっかり焼き付けると誓った。

助かる確率は五十％。

医師から伝えられたその宣告に妻や自分の両親は呆然《ぼうぜん》としていたが、あまり不安には感じなかった。それだけ助かる見込みがあるのだ。自分よりも低い生存率にも関わらず、病気を勝ち抜いた者たちもたくさんいる。

絶対に助かる。皆にそう宣言した。

……あの時の熱意が日に日に削り取られていく現実。病魔は勢いを止めることなく体を蝕《むしば》み続け、投薬による副作用に苦しめられる。生き地獄だ。

この苦痛を味わっていないくせに病院の人間も家族も「頑張って生きろ」と言う。生きる。生きたいと思っている。それでも生きることを強いられることは重荷に感じられた。彼らも「死んでもいい」とは言えないから、その反対の言葉を言い続けるしかないと分かっている。

頭では分かっていても不安と苛立《いらだ》ちは収まらなかった。いつ治るのかと聞いても誰も明確な答えを出さない。それで「いつか治る」と繰り返す。そのことに無責任さを感じて周りに八つ当たりをし、あとから酷い自己嫌悪に襲われる。

『病気がよくなったら三人で動物園に行こうね』

妻がそう言って、子供が嬉しそうに頷く。以前までは幸せだと思っていたその光景をすでに忌々しいと思うようになっていた。

そして、子供と視線が合った時、つい呟いてしまった。

『お前が俺の代わりにこの病気にかかればよかったんだ』

子供に聞こえないくらいの小さな声で呟いたそれは、妻の耳には届いた。

その瞬間、妻は顔を怒りで歪《ゆが》ませて棚の上に置いていた時計を自分へと投げ付けた。祖父の形見で宝物であったそれが胸に当たり、思わず呻《うめ》き声を上げた。

『あなた……何を言ってるか分かってる⁉　私ならともかく、この子にそんなことを言うの⁉』

ひりつく空気を感じ取った子供が泣きだす。妻は子供を抱き上げると何も言わずに病室を出ていった。

醜い。自分はどんなに醜い人間なのだろう。我が子が身代わりになればいいと本気で思ってしまった。楽になりたいがために子供を病魔に差し出そうとした。

『俺には助かる資格なんてない……』

そのあとのことはよく覚えていない。ただ、いつもは施錠されている屋上へのドアがこの日に限って開いていた。

それは幸運だったか、不運だったか今となってはどちらでもいい。

入院生活と病気で衰えた体力を振り絞り、フェンスをよじ登った。有刺鉄線で体が傷付こうが関係なかった。

夕焼けに染まる鮮やかな空を見上げたあと、本来ならば越えてはならない一線を踏み出した。宙に放り出した体が地上へと叩き付けられた時、すべてが消えた。楽に、なれた。

だが、その間際に子供の顔が脳裏をよぎった。自分は生きるべきではないと死を選んだ。子供に酷い言葉を告げたことを謝りもせず。

謝りたい。それが父親としてできる最後の行いだ。

……その思いが強すぎたのか、男は今も自分が落ちた場所に立ち続けていた。

肉体は朽ちて心は消え去り、自我のない魂だけが花壇の上で意味のない日々をすごしている。もう男は自分がどうしてここにいるのか、最期に残した未練すら覚えていない。

なのに、燃えるような赤い空を見上げると何かを感じた。何かをしなければならない。そんな漠然とした使命感がぼやけた思考に浮かんでは消える。

これからも男はそんな無駄な時間を永遠にも近い年月を繰り返す、はずだった。

「パパ」

夕暮れの空が薄暗くなっていく頃だった。

小さな声に反応し、男はゆっくりと振り向く。声の主が誰なのか認識していたわけではない。声に呼ばれた気がしたのだ。

そこには針の止まった置き時計を持った子供が立っていた。男をまっすぐ見据えていた。

「パパ」

ぼんやりとその姿を見ていた男に、子供が何かを促すようにもう一度呼ぶ。

「…………………」

自分を「パパ」と呼ぶ子供。身に覚えのある時計。

……カチ。

男の両目が見開かれると同時に時計の秒針が動きだした。止まっていた男の時間を再開させるように針は進み続け、消えたはずの記憶が蘇《よみがえ》っていく。

あの置き時計は骨董品の収集が趣味だった祖父の大事な形見。

そして、あの子供はずっとその成長を見守り続けたいと願った大切な我が子だ。

「ひ……かる……」

「なぁに、パパ？」

男に名前を呼ばれた子供は優しく微笑んだ。

その笑顔に男は困ったように笑うと、目線を合わせるためにしゃがみ込んだ。

「あの時は……あの時は酷いことを言って悪かった。こんなことを言える立場じゃないのは分かってる。でも、言わせてくれ」

子供に触れようとした手は宙を掴むだけだった。

だから、せめて言葉だけでも。

「パパの分まで強く生きてほしい……ママと一緒にずっと……」

「……うん」

静かに頷いてくれた子供に目の奥が熱くなる。目の前が滲《にじ》んで見える。これで最後の望みは叶った。

男がそっと瞼を下ろすと、涙が流れ落ちる代わりに彼の体が風景に溶け込むように消えていった。


一人残された子供は風もないのに揺れたコスモスを眺め、大きく息を吐いた。

口から吐き出された黒い煙が子供に纏わり付き、幼い体から煙草《たばこ》を咥《くわ》えた美しい青年の姿に変わっていく。その黒い男は懐から淡く発光している金のライターを取り出すと、ほんの少し強い力で握り締めた。すると、光は消えた。

ずっと車の陰に身を潜めていた彼の助手が姿を現す。

「夜鳥さん、あの人は」

「成仏したよ。子供に言いたいことを言って満足したんだろうね」

「子供……ということはやっぱり……」

「そう。私が彼に見せていたのは、彼の子供さ」

「……相変わらず、すごいですね。他人に化けられるっていうのは……」

「君は勘違いしているよ。私は変身できる魔法を持っているんじゃなくて、『これ』のおかげだ」

そういいながら夜鳥は懐から出したライターを頼政に見せ付けた。

細かな装飾が施されたそのライターが生み出す『現象』はにわかには信じがたいが、確かに存在する。

このライターの火で点《つ》いた煙草の煙を纏うと、夜鳥は他人の姿を借りることができるのだ。

どういう原理かは分からない。ただ、条件が通れば誰にでもなれるようで、夜鳥はライターを使用している。今のように有事の際に用いることもあれば、「今日は違う誰かになりたい」という気ままな理由の時もある。

いずれにせよ、サイコメトリーよりある意味非科学的なことだと頼政は思う。

現にこうして幼い子供が煙を纏いながら青年に変わるところを見ているのだから。

そして、こういった道具をこの男はいくつも持っている。

ライターをぼんやり見詰めていると、夜鳥が小さく笑った。

「貸さないよ？　これは私にしか使いこなせないからね」

「いいですよ。誰かに化けたいとかって欲求もないですから」

「うん。それがいい。私は君の姿をした君が一番大好きだから」

そう言われると、何かくすぐったさを感じる。頼政はそれを紛らわすように話題を変えた。

「……何か無理言っちゃってすいません。あの人の子供のこと……」

子供に暴言を吐いてしまったことを謝りたいのなら、子供をここに連れてきて謝らせてあげたい。それが頼政がした『相談』だったのだが、夜鳥は自分が子供に化けることで実現させた。

香菜に真実を話したとして、受け入れてくれるとは思わなかったからだ。

頼政もそこは薄々感じていた。

なので、断られることを前提に話を持ちかけたものの、夜鳥がまさかこんな手を使うと予想はしていなかった。

「三上香菜は旦那に子供を連れていかれると恐れていた。その恐怖の根源が君の見た彼らのやり取りだとしたら、子供をこの病院に、しかもこの時間に連れてくるなんて絶対に彼女が許さない。旦那が後悔していたのも、子供に謝りたいと思ったのも知っている人間は君だけだ。この世界のどこを捜しても君しかいない」

「……報われないですね、それ。肝心の人たちに理解してもらえなくて、僕にだけなんて」

「でも、頼政が動いてくれたおかげで彼は願いを叶えられた。これが最善だと思ったほうがいい。若い頃から悩みを持ちすぎると早い段階で……」

そう言いながら夜鳥の視線が自分の頭に向けられていると気付き、頼政はハッとした。

「え、何ですか。何その意味深な視線と発言……」

「別に君が思ってるようなことじゃないし、別に多くの男性が持つ悩みを指してるわけじゃない」

「髪か、やっぱ髪だな？」

「こら、頼政。私は君が将来絶対ハゲるタイプだなんて一言も言ってないよ」

「言ってないだけで思って……」

そこで頼政は病院の中から看護師や患者がこちらを覗いていると気付いて、まずいと思った。彼らの眼差しが完全に不審者を見る目だ。

「あー、帰りましょ夜鳥さん……」

「そうだね。こっちの時計も役目を果たしたみたいだし」

夜鳥の手の中にある時計の針はいつの間にか止まっていた。もう二度と動くことはないだろう。頼政は何となくそう感じた。

「あの、夜鳥さん。三上さんの旦那さんの気持ち知ってる人間は君しかいないって言ってましたけど、一応アンタも含まれてると思いますよ。僕が教えたんだから」

「まあ、そうと言ったらそうかもしれない」

「あと、どうやって三上さんの子供のこと知ったんですか？」

夜鳥が化けられる人間の条件は一度でも面識があることだ。

写真や映像越しではなく、実際に自身の目で見なければならない。

それが条件であると頼政は以前聞かされていた。

夜鳥は香菜たちの子供を見ているのだろうか。

「それは企業秘密だよ。いくら君であっても、だ」

そう言いながら夜鳥は先に車へと向かった。

夜鳥の答えはイエスでもノーでもない。なので、頼政もこれ以上詮索はしなかった。

どうせいくら問いただしてもまともな返答が得られないことは経験上分かっている。

何せ、頼政はこの夜鳥夏彦という男に関して知らないことのほうが多いくらいだった。

「あと、もう一度言うけど、知っている人間は君しかいないよ」

「頑《かたく》なだなぁ……」

「だって、『俺』は人間じゃない」

こちらを振り向き、星一つない夜空の下で妖艶に笑う夜鳥に、頼政は冷めた視線を送った。

「そんなの知ってますよ」

「へえ、覚えててくれたんだ。嬉しいな。うん、嬉しいよ」

言葉通り、本当に嬉しそうに呟く夜鳥に頼政は何も言わず、小さく笑った。

人間じゃない。そんな些細《ささい》なこと、さして気にすることなどではないのだ。

頼政にとって大事なのは、この年上の不思議な友人といつまでともにいられるか。

ただ、それだけの話だった。

†

「では、買取り価格は今お伝えした通りになります」

『そんなに貰えるんですか？』

受話器越しに香菜が息を呑《の》んだことを感じて夜鳥は笑った。

「ええ。状態がとてもいいですから、これぐらいが妥当でしょうね」

『そう……ですか』

「ご不満なようならもう少し上げることもできますが」

『い、いいえ！　そういうわけじゃなくて』

金にがめついと思われたとばかりに香菜が声を上げる。

『その時計……いつかは別の誰かの手元に渡るのかなって……』

「まさか。これは売り物にはしませんよ」

『どうして？』

「時計が私に囁《ささや》いているのです。『本来の主《あるじ》以外の下には行きたくない』と。だから、しばらくは私の手元に置くと決めました」

『そう……ですか』

香菜のその反応に夜鳥は小さく噴き出した。

「あれ、うちの頼政のサイコメトリーは冗談だと思っていたくせに、時計が囁いたってのは信じるんですね」

不思議そうに夜鳥が尋ねると、香菜は小さく笑った。

『そんなに信じてはいません。ただ、時計が当分は誰の手にも渡らないんだって思うと安心したんです』

「安心？」

『……これで子供が彼に連れていかれることはない。それでいいはずなのに後悔する気持ちもあるんです。もしかしたら、こうする以外にも何か方法はあったんじゃないかって……矛盾してますよね。時計を手放せてホッとしてるのに、あの人が大事にしていた物が手元からなくなって不安になっているなんて』

「人間の感情なんてそんなものでしょう。あなたが気に病む必要はありません。……では、一週間以内に店へお越しください。その時にお支払しますので」

夜鳥が電話を終えると、ずっと側にいた頼政はため息をついた。

香菜が何と言っているかは分からなかったが、どんな会話をしていたのかは予想できた。

もう少しどうにかしてやれなかったのだろうか。そうすれば、この時計も香菜たちの下にずっといられたのでは。そう考え込んでしまうのだ。

客の帰った店内は静かすぎて、様々なことが思い浮かぶ。

そして――小さくため息をついた頼政に夜鳥が「夕飯」と小さく呟いた。

「夕飯早く作って。今日はさつまいもの甘煮だろう？　朝からずっと楽しみにしてるんだから早く」

「あ、あー……分かりました」

「どうしたの？　何かあった？」

「……何でもありませんよ」

込み上げたほろ苦さと昔の思い出。顔を覗き込む夜鳥にそれを悟られたくなくて、頼政はそう告げて笑った。

「君は嘘付くのが下手だねぇ」

そして、そんな努力など無意味だと言うように夜鳥はそう告げた。

「さて、上司に嘘付いた罰として、早く夕飯を用意すること。ほら。さつまいもの甘煮」

「……待てができない大人がよくモテるよなぁ。顔の造形って大事なんだろうな……」

ぶつぶつ言いながらも、どこか安堵した表情で頼政は厨房に入った。

それを見届けてから夜鳥はテーブルの上に置いていた時計を持つと店の奥に消えた。


頼政ですら入室が許されていない地下室への階段を降りて黒い扉を開く。

小さな部屋の中は絵画、壷、人形、ランプなど様々な種類の骨董品で埋め尽くされている。

夜鳥は中央に置かれた椅子に座ると置き時計を膝の上に置いた。

「他の誰かに買われたくないのなら、当分ここにいなさい。この部屋にいるのは人から愛される骨董品ではなく、何らかの理由で愛されなくなった『がらくた』たちだ。きっと君を歓迎してくれるよ」

壁にかけられた振り子時計がボーン……ボーン……と重厚な音を発する。
夜鳥の言葉通り新たな仲間を歓迎しているかのように。
だが、その時計には針がなく、何時を示しているのかは夜鳥にさえ分からなかった。

Episode.2 見返り

——付き合ってくれないなら、もう店には行かない。

そんな彼女の言葉に返事ができずにいると、今にも泣きそうな顔で睨《にら》み付けられた。そんなことを言われても困る。やっとの思いでそれだけを告げると、容赦なく頬を平手打ちされた。

そして、店から出て行ってしまった彼女を追いかけることもできなかった。

店内は静まり返り、他の客の視線がこちらに向けられているのが分かる。それから逃れるように会計を済ませ、外に出るも彼女の姿はすでにない。

「…………」

男は苦い思いで顔をしかめる。

たまにあるのだ、こういうことが。従業員と客の関係を超えた二人になりたいと望む女性が。断れば二度と店にはこない、なんて言葉狡《ずる》いだろう。仕事柄、特定の関係を持つ女性を作るわけにはいかない。

かと言って、売上が下がるのも困る。受け入れても断っても、男側のメリットは何一つなかった。

疲れた。ただ、そう思いながら街を練り歩く。ホストなんて仕事に就いたのは間違いだったかもしれない。近頃はよくそんなことを考える。

金のためとは言え、女性のご機嫌取りをする毎日。常に楽しませなければならないことに嫌気が差す。

元々、女性と仲良くなりたいという気持ちもほとんどなかったのに、街を歩いていたところを、「君のような男なら絶対に売上ナンバーワンになれる」とスカウトされた。そこで断っておけばよかったと後悔さえしている。

そんな自己嫌悪に陥っている時だ。ある店の前に人だかりができていた。

白髪頭の老人が経営している骨董品店だ。あまり客がこないようで一週間後に閉店するらしい。今日は在庫処分セールというわけで、さすがに客も多かった。

男がその店に立ち寄ったのは、骨董品マニアだからではない。ただ、どういう物が置かれているのか気になったからだ。

「あ……」

そして、がらくただらけの店内を進んだ先に『それ』を見つけたのだった。

†

「頼政《よりまさ》、ここどういう店なの？」

　この街に最近できたスーパーの名前は『ジュラ紀の楽園』だ。

　毎日大勢の客で賑《にぎ》わっており、あまりの人気ぶりに地元のテレビ局も取材にくることとなった。

「何言ってんですか、普通のスーパーに決まってるじゃないですか」

　先ほどから周囲を見回しながら歩いている夜鳥《やとり》に、頼政は嘆息した。

　敷地内を取り囲むように植えられた木々のせいで、外部からスーパーの外装や駐車場の様子を窺《うかが》うことはできない。

　この辺りはセキュリティがしっかりしていると思う。

　偵察目的で侵入した輩《やから》は上空から見張りをしている巨鳥たちに捕らえられる。これで客たちは快適に買い物ができる。

「頼政、あの捕まった奴《やつ》らはどこに連れていかれるのかな？」

「巣に連行されて鳥たちの餌になりますよ。あの警備員たちは捕まえた不法侵入者を食料にできるんです。三食食事付きって評判いいんですよね」

「だからかぁ。何か血のついた服がそこら中に落ちてるのって」

巨鳥たちの禍々《まがまが》しい鳴き声と、彼らの餌となる者たちの悲痛な叫びを聞きながら進んでいくと、スーパーの入口が見えてきた。

どこにでもある木造の建物だ。立て看板には本日の目玉商品が書かれている。それを見た瞬間、夜鳥は無言で踵《きびす》を返した。

「あっ、何してんですか！」

「帰ろうかなって。飽きたし。アンモナイトが１９８０円で買えちゃうスーパーも気になるけど、アンモナイトそんなに好きじゃないし」

「はぁぁぁ⁉ アンモナイトがイチキュッパで買えんのに帰るとか正気か⁉」

「いいから君もさっさと帰ろうよ。というより、早く覚めなさい」

その言葉に頼政はびくり、と反応した。

「……あれ？」

直後、自分の周囲にあるすべてのものが奇妙に感じられた。

何だ、このジャングルみたいなところは。

何だ、あのでかい鳥は。

何だ、アンモナイト１９８０円は。

こんなスーパーがあるわけがない。これではまるで夢のようだ。

思議な感覚。

「いや、これ夢……」

そう呟《つぶや》いた瞬間、目の前が真っ白になった。サイコメトリーを使った時とは違う不

気が付くと、頼政はテーブルに突っ伏していた。
見覚えのある光景。閉店後の『彼方《かなた》』だ。
寝起きでぼんやりしていた頼政の耳に金属の音色が流れ込んでくる。
テーブルの中央にぽつんと置いてある長方形の木箱からその音色は聞こえていた。
蓋が開かれた箱の中には金属製の装置のような物が設置されており、箱の側面には
黒いネジがついていた。ゆっくりと回転するネジを眺めながら音を聴いていると、つ
いにそれが止《や》んだ。
動きを止めたオルゴールから黒い靄《もや》が流れ出して頼政の傍らに集まっていく。
「うおっ！」
靄はやがて人型となってこの店の店長の姿となった。
「変な悪夢だったなぁ……」
オルゴールの蓋を閉めつつ、夜鳥は深いため息をついた。その反応にむっと眉間に
皺《しわ》を寄せたのは頼政である。
この男、自分から他人の夢に入り込んでおいて文句を言うのか。

「僕だってあんなわけ分からない夢見るつもりなかったですよ」

「夢占いの本買ったから、さっそく君でやってみようと思ったのに診断しようがない……この本、人喰《く》い鳥もアンモナイトも載ってないよ」

「僕に文句言わないでくださいって。鳥とカタツムリで代用すりゃいいじゃないですか」

「アンモナイトはどちらかと言えばタコとかイカとかあの辺りの仲間だし、鳥って言ってもピンからキリまでいるよ」

アンモナイトはそもそもあまり詳しくないので置いといて、鳥に関しては夜鳥の言うことも一理あるかもしれない。

そこらでチュンチュン鳴いている雀《すずめ》と、警備ついでに人間を捕らえて食べる鳥を同じカテゴリに含むのは間違っている気がする。

俺達に謝れと雀に批難されそうだと頼政は思った。アンモナイトはよく考えてもカタツムリしか思い浮かばないので、これ以上は考えないことにする。

「そんなことより、本当にできるんですね」

「何が？　夢占い？」

「夢占いじゃなくて、夢に入るってやつ……」

頼政は視線を音が止まったオルゴールへ向けた。

記憶が確かなら頼政たちは店を閉めたあと、夢の話をしていた。客たちがこんな夢を見た、あんな夢を見たと盛り上がっていたのだが、その内容があまりにも彼女たちに都合がいいので「盛っているのでは？」と疑ったのだ。

しかし、本当にその夢を見たかどうかを判断する術《すべ》はない。

何せ眠っている間に脳が勝手に作り上げた架空の出来事である。どうしようもないと苦笑する頼政に、夜鳥がこう言ったのだ。

君の夢の中に入り込んでみせようか？　と。

「面白いだろう、このオルゴール。音色と同化して眠った人間の夢に入り込めるんだよ」

「面白いと思いますけど、これ仕事に使えるんですか？」

「あんま使えないかな。でも、他人の夢の覗《のぞ》き見楽しいよ」

「性格わりぃ。最悪な使い方しかしてねぇ……」

あっさり言い放った夜鳥に頼政は愕然《がくぜん》とする。一番使わせてはならないタイプに、こんなアイテムを誰が授けたのだ。

というより、他人の姿になれるライターといい、妙な物ばかり持っているなと感心してしまう。骨董品店という職に就いて手に入れたのか、元々そういう物の収集が趣味で、趣味が職業となったのか。

どちらにせよ、言えることは夜鳥が普通の骨董品店の店長ではないということだ。そんなの、しょっちゅう実感しているが。

「でも、君はよく怒らないな。私が君の夢に入ったことについて」

「え？　僕普通に怒ってましたよ」

「それは私が君の夢に対して難癖をつけたからだろ？　夢に入ったことそのものに関しては一切不快に思ってなさそうだから意外だった。普通、露骨に嫌がったり怯《おび》えたりするものなんだけど」

他の人にもやはり試していたようである。

呆《あき》れながらも頼政は少し悩んでから口を開いた。

「別に変な夢じゃなかったら見られてもいいと思いますよ、夜鳥さん相手だったら」

十年以上の付き合いなのだ。夢の中に入られようが、特に気にするつもりはない。それ散々文句を言われたら、この特に鍛えてもいない拳が彼に襲いかかるだろう。それさえなければ、さほど問題はない。

そんな頼政に夜鳥は喜ぶどころか、ショックを受けたように両手で口元を押さえた。

「やだ、怖い。この子ったら信じた人間には盲目になっちゃうタイプだわ。まるでサチコちゃんみたい……」

「サチコちゃん誰だ！」

「頼政ちゃん知らないの？　ホストに騙《だま》されて金をガンガン取られて、借金までするはめになってもホストをまだ好きなままの女の子よ」

「初耳ですよ。つか、何だその口調？」

「サチコちゃんに目を覚ませって言い続けてるクラブのママの真似……ん？　本当に知らないのか？　ドラマを見ていない？」

頼政は首を横に振った。

基本的にドラマが始まる時間帯は、スマホのアプリゲームをやっている頃だ。なので、ドラマ好きの母親とはまったく話題が盛り上がらない時がある。

その旨を話すと、夜鳥は「現代っ子こわ……」とぼそっと言った。

「今の若者はスマホばかりだな。もっとドラマをたくさん見て色んな物語に触れてみろ。そうすれば、君が友人や彼女を作るヒントが見付かるかもしれない」

「でも、夜鳥さん友達とか彼女がいるって聞いたこと……」

「黙らっしゃい」

ぎゅむ、と夜鳥に頬を抓《つね》られて頼政は最後まで言うことができなかった。

フィクションの世界から交遊関係を築くためのノウハウを学ぶことは難しいように頼政には思えるのだ。

この友人が誰もいない現状をどうにかしたい気持ちはあっても、藁《わら》にも縋《すが》る段階にまでは行っていない。なので、そんな何かを学ぶ目的でドラマを観ようとは考えられなかった。

ただ、自分よりも年上の男からの「今の若者はスマホばかり」発言は少し刺さった。何故なら父親からも同じことを先日言われてしまったのだ。

「……そのドラマぐらいは観ようかな」

「明後日よ、絶対観なさい。サチコちゃんがいよいよ自我を取り戻す回なんだから」

「はぁ」

再びクラブのママとやらの真似をする男に頼政は空返事をした。これは絶対に観て感想を言わなければ、またこの口調でグイグイこられそうである。

（この人、テレビ観るの好きだからな。特に料理番組）

食べることが大好きなだけではなく、料理を作る過程を見るのも好きらしい。

服は主に黒系統しか着ることがなく、部屋もあまり綺麗《きれい》とは言えない。夜鳥の衣食住は食しか十分に機能していなかった。

「……夜鳥さん、黒い服が好きでよかったですね」

「ん？」

「ピンクとか黄色を好き好んで着てたらこんなことにならなかったんじゃないかなって……」

顔がよくて、黒づくめ。この二つの要素が上手く噛《か》み合わさっているからこそ、儚《はかな》げな美青年として客からの人気を集めているのだ。

これで全身ピンクだったり黄色かったらまた違った評価を得ていたに違いない。

†

「深山《みやま》君のバイト先にいるミステリアスなイケメンのこと、色々教えてもらってもいいかな⁉」

そう、頼政もこんなふうに大学からの帰りに生徒数人に囲まれ、喫茶店まで連行されることもなかったに違いない。

大学の近くにあるとあって、この時間帯は大学生の客が多い。そんな中で頼政への尋問は始まりを告げた。地獄である。

「あの……おたくら、誰ですか」

頼政は覇気のない声でそう尋ねた。

頼政を連れてきたのは四人組。リーダー格と思われるパーマをかけた茶髪の女性を筆頭に、長身の黒髪の男性、赤縁眼鏡の男性と、最後に大人しそうなおさげの女性だ。

統一性のないメンバーに頼政の不安も高まっていく。

「紹介が遅れたわね、私たちこういう者よ」

茶髪の女性から差し出された名刺を受け取り、頼政はそれを見た。

『〇〇大学・オカルト&心霊研究サークル』

頼政は即座に席から立ち上がった。

「すいません、僕今日返却しなきゃいけないDVDがあったんで」

「ちょ、ちょっと待ちなさいよ！」

「オレたちは怪しいモンじゃねえって！」

「そうよ。ほら、自己紹介もするから！　私は青崎玲《あおざきれい》。一応、うちのサークルのリーダーをやっているわ」

茶髪の女性はどこか誇らしげに自らの名を名乗った。

「で、背がやたらと高いのは高松兼吾《たかまつけんご》。少し根暗そうな眼鏡君が岸辺聡《きしべさとる》。最後に静かそうな女の子が綾野紗奈《あやのさな》……って逃げるな逃げるな！」

「帰らせてください……」

「ダメ！」

椅子から立ち上がって逃げ出そうとする頼政だが、玲に無理矢理座らせられる。逃亡失敗。

だが、夜鳥以外に胡散臭《うさんくさ》い者たちと久しぶりに遭遇してしまった。

頼政は背中に冷たい汗が流れるのを感じた。

「……ミステリアスなイケメンってもしかしてうちの店長のことですか？」

「そうそう！　うちの大学ですごい有名なのよ。知らない？」

「まあ、お客様からは評判いいですけど」

「そこでうちのサークルの今月の活動内容は骨董喫茶店『彼方』の店長に関しての情報収集に決めたの！」

「なるほど〜〜〜……」

これっぽっちも興味がないという様子の頼政に、岸辺が詰め寄る。

「君はあの男に何かを感じないのですか？」

「何かって……」

威圧感のある尋ね方をされて頼政はいよいよ困惑する。

「まあいいでしょう。これから我々が行う質問に君はただ答えてくれれば結構」

「こら、あんたはあんたで貴重な証言者に何て口の利き方してんの。……こほん、それじゃあ始めていいかしら？」

岸辺を諫《いさ》めてから、玲が頼政に笑いかける。

高松が「ごめんな、こいつ中身はそこまで酷《ひど》くないけど、口が悪いんだよ。偉ぶりたいんだわ」とフォローになっていないフォローを入れた。

「うーん……まあ、僕で答えられるところがあれば答えますけど」

「ありがと。じゃあ、店長さんのフルネーム教えてもらえる？」

「夜鳥夏彦《やとりなつひこ》。夜の鳥に、季節の夏にしゅしゅって三本入れる彦って書きます」

「夜鳥かぁ～、何かロマンチックね。年齢は？」

「さあ、それは聞いたことないんで」

「じゃあ、年齢不詳……と。趣味は？」

「骨董品集めと食べることとテレビ観ることですかね」

「骨董品集め……いいわねぇ。それっぽいわね」

「僕、他にも趣味言いましたよね？　何故、スルーした？」

最初の一つしか採用されなかったことに抗議すると、玲は渋い表情で髙松と顔を見合わせた。

「そうは言ってもねぇ……」

「深山、こういうのってギャップがあるのもいいんだけど、今回はひたすらミステリアス一線で攻めたいんだ」

「深山君は骨董品集めが趣味の黒衣の美青年が、せんべいかじりながら昼ドラ観てる図に、世の中のミステリアス好きが反応すると思うの？」

害がなさそうだし平和でいいだろう、というのが頼政の意見である。

口には出さなかったが。岸辺はあからさまに「こいつ分かってないな」と言いたげにため息をついており、孤立無援の状態だ。

そんな中、今まで黙っていた紗奈が小さく手を挙げた。

「えっと……私は何か可愛《かわい》いからありだと思います」

「可愛い……かしら？」

「か、可愛いですよ！　それに誰かに迷惑かけてるわけじゃないですし……」

「それはそうだけど……うん、一理あるわね」

味方だ。たった一人だが現れた味方は中々の影響力を持っていた。

頼政が感謝の気持ちを込めて視線を送ると、紗奈は小さく会釈をした。

すると、岸辺に頼政は強く睨まれた。

一方的に険悪な雰囲気を察した高松が話題逸《そ》らしに出る。

「そういえば、今日って恵梨《えり》はこなかったのか？」

「ああ、あの子なら今日はお姉さんとダブルデートよ」

「あの、恵梨さんっていうのは？」

「うちのサークルの一人。この企画一番楽しみにしてたんだけど、お姉さんの付き添いだったら仕方ないわ」

この四人以外にもサークルのメンバーはいるようだ。その恵梨という女性の話に入ると、紗奈が心配そうに口を開いた。

「恵梨さんも恵梨さんのお姉さんも大丈夫でしょうか……」

「あいつはともかく姉ちゃんのほうがなぁ。大分入れ込んでるって話だろ？」

「恵梨も本気になって止めてるみたいだけど……大変ね、あの子も」

「……その恵梨さんって人、何かあったんですか？」

あまり関わるべきではないのだろうが、気になってつい聞いてしまった。

余計なことに首を突っ込んでしまったかもしれないと我に返る頼政に、答えたのは意外にも岸辺だった。

「彼女の姉がホストクラブ通いにはまっているようなんですよ。最近流行っているホストに騙される女のドラマに感化されて、試しに行ってみたのが始まりです。そうしたら一人の男にどんどんのめり込んで……」

「それで、今日は恵梨とお姉さんと、そのホストと奴の同僚の四人でデートってことなの。恵梨としてはお姉さんが暴走しないように監視するために行くようなものだけど」

「おっ、恵梨からLINE届いてるぞ。……ん？　今日ホストが体調崩したってことでデートはキャンセルになったってよ。待ち合わせ時間の二十分前に連絡がきたんだってさ」

高松がＬＩＮＥの画面のスマホを見せ付けると、頼政以外の他の三人は狼狽《うろた》えた。

「二十分前って……もっと早く分からなかったわけ⁉」

「それ、本当に体調不良なんですか？　俺は仮病を使ったんだと思いますが」

「でも……家を出る前に急にお腹が痛くなったとか……ないでしょうか？」

すっかり蚊帳《かや》の外状態の頼政は注文した抹茶ラテを飲みながら、彼らの会話を聞いていた。

名刺を見た瞬間は怪しさ満点の集団としか思えなかったが、こうして彼ら同士のやり取りを聞く限りでは普通の面々である。

初対面の人間にろくな説明もないまま喫茶店に連行したのはどうかと思うものの、この抹茶ラテは奢《おご》りのようなので許すことにした。

（だけど、恵梨さん的にはドタキャンされてよかったんじゃないのか？）

姉からホストを遠ざけたかったであろう恵梨としては、彼のマイナスイメージを姉に持たせることのできるちょうどいい機会だったのではないだろうか。

そんなことを考えていると、玲が不敵な笑みを浮かべて頼政のほうを向いた。

「というわけで、深山君。デートはなくなったから恵梨が今からこっちに全力疾走でくるみたいよ。もう少し付き合ってもらうわ、ふふふ……」

「それは私のほうからお断りさせてもらいましょうか。頼政はこれから私と仕事がありますので」

その声は頼政の頭上から聞こえた。顔を上げようとすると、何かが頼政の顔面を覆って視界が真っ暗になる。サークルの面々の驚く声が聞こえた。

手で顔を覆っている物を掴《つか》むと、それは黒い帽子だった。今度こそ見上げてみれば、黒服の男が無邪気な笑みを浮かべていた。

「こんにちは、頼政」

「夜鳥さん、何でここに？」

「君を迎えにきたんだ。ほら、早く行こう。お客様を待たせてしまう」

「え、でも」

何が何だか分からず混乱していると、玲が「ど、どうぞ。お仕事にどうぞ」と小声で言った。

目の錯覚だろうか、夜鳥への眼差しはどこか熱っぽく、目尻がほんのり赤い。

（すげぇ、初対面で撃ち落とした）

感心する頼政を夜鳥は席から立たせると、一万円札をテーブルの上に置いた。

「私の助手がお世話になりました。これはその礼です」

そう言って夜鳥が頼政を連れて出口に向かう。

背後から玲の喜色を含んだ悲鳴が聞こえてきて頼政はびくっと震えた。

他の女性客も夜鳥を凝視している。後ろを歩いている頼政としてはかなり気まずい。

ようやく店から出て頼政は大きく息を吐いた。


「あ〜〜〜〜〜〜〜〜外の空気が美味い……」

「こんな都会の空気、排気ガスまみれで美味しくも何ともないよ。君は空気音痴かなぁ」

「空気音痴って変な造語作んないでくださいよ」

だが、助かった。夜鳥が現れて強引に頼政を連れ出さなかったら、五人目のメンバーが到着してまだまだ帰れなかったに違いない。

「……アッ」

「頼政？」

「早く逃げますよ、夜鳥さん。最後の一人が走ってやってくる！」

「了解。しかし、君も災難なことで」

路肩に停《と》めていた車に乗り込み、夜鳥はすぐに発進させた。

「今日って臨時で喫茶店開くんですか？　夜鳥さんと仕事って……」

「平日は喫茶店はやらないよ。あんなの君を連れ出すための口実に決まってるじゃな

「偶然、あの集団と喫茶店に入る君を見かけてね。友達かなと思ったんだが、君が鳩《はと》が豆鉄砲を喰らってるような顔をしてたからおかしいと感じたのさ。それに」

「口実」

い」

夜鳥は一拍間を置き、悲しげな表情で頼政に告げた。

「自分では気付いてないだろうけど、君にまともな友人ができるはずがない」

「いや、めちゃくちゃ自覚してますんで。……でも、ありがとうございます。夜鳥さんが来てくれなかったら、まだまだ帰れそうになかったんで」

「君も馬鹿だねぇ。嫌なら嫌ってちゃんと断ればいいのに」

「あの雰囲気で言えるわけないじゃないですか……」

首を横に振る頼政に、夜鳥は「まあ、それもそうか」と苦笑した。

「でも、どうして私に直接くるんじゃなくて、君に矛先が向けられるんだか」

「夜鳥さんを目の前にすると、感極まって喋《しゃべ》れなくなるからだったりして」

「それだね」

「うわぁ、この人今遠回しにすげぇ自画自賛した……」

これがミステリアスの皮が剥《は》がれた夜鳥である。この姿を見せれば、せんべい片手に昼ドラを見る図も想像しやすくなるかもしれない。

「ところで頼政ってまだ時間ある？」

「はい。特に用事もないんで、そのまま帰るつもりだったし……」

「だったら、せっかくだし私の仕事に付き合ってみないかい？　これから客の自宅に向かうつもりだったんだ」

「ついて行っちゃっていいんですか？　僕、何もできないと思うんですけど」

『彼方』での頼政の仕事は調理と清掃で、骨董品関係や店の収支の計算はすべて夜鳥が行っている。

彼の仕事を手伝える自信は頼政にはあまりなかった。

そんな頼政の不安を吹き飛ばすように夜鳥は爽やかに笑いかけた。

「大丈夫。君は私の隣で呼吸してもらえればいい。ほら、隣に若い助手がいるだけでプロっぽく見えるだろ」

「僕を誘ったの演出のためか？」

別の意味で不安になった。


夜鳥曰《いわ》く最近新築されたマンションの駐車場で車が停まった。降りてマンションの中に入っていく夜鳥を頼政は慌てて追いかける。

「骨董絡みなのは分かりますけど……何しにきたんですか？」

「出張買取り。絵を何枚か売りたいから引き取ってほしいんだってさ」

「へぇ〜じゃあ、今からいくらか調べて査定額計算するんですね」

「いや、査定自体は店に持ち帰ってからだよ。今回は絵の回収だけ。持ち運ぶ際に破損させて価値が下がるかもしれないって客は多い。だから、こうして店側が貰《もら》いに行くのは少なくはないんだ」

　さすが、新築。エントランスからして豪華で、花柄のタイルの床は目立った汚れや傷がなく、エレベーターはいかにも高そうなカーペットが敷かれている。

「ここ絶対家賃高そうなんですけど」

「高いよ。大体このぐらい」

　夜鳥が指でジェスチャーして伝えた家賃の金額に頼政は絶句した。予想していた額より高かった。

「はー……何でこんな高いマンションになんか住めるんだろ」

「何でって金持ちだからに決まっているじゃないか」

「それは分かってますよ。でも、夜鳥さんは住む場所にそこまで金かけられます？もう少し家賃安い部屋に住めば、その分浮いた金でスイーツバイキングとか焼肉に行けますよ。しかも、結構いいところでお腹いっぱい」

「確かに私だったらスイーツバイキングと焼肉を取るよ。住む場所なんて寝れるスペースと物を置けるスペースがあれば何とか生きていける。でも、高いところは防犯防音設備しっかりしているだろ。あと、ペットが飼えたりもできる」

確かにペットが飼えるマンションは、防音対策がしっかりされているので高いと聞く。アパートでもわりと安めでペット可があるが、そういう物件は設備が整っておらず犬や猫の鳴き声によるトラブルが起こるらしい。

七階で止まったエレベーターから降りて廊下を歩く。依頼人の部屋は一番奥にあった。

夜鳥がインターホンを押すと、スピーカーから『どちら様？』と男性の声が聞こえた。

「先日お電話をいただきました夜鳥です」

『ああ……ちょっと待っててください』

スピーカーの音が途絶えて十秒ほどしてから玄関のドアが開いた。

中から出てきたのは銀髪の若い男だった。一瞬、髪の色を見て頼政は老人かと勘違いしてしまった。

そして、まじまじと顔を見てモデルや俳優のように整った造形をしていることに気付いた。それに長身でスタイルもいい。

頼政の視線を感じた男は苦笑しながら口を開いた。

「すみません、僕って男は専門外だから」

「は？」

「あ、そういう意味で僕を見てたわけじゃないんですね。今言ったことは忘れてください」

言っている意味が分からず夜鳥に助言を求めると、それに応えるように彼は「私の助手が何か？」と男に尋ねた。

夜鳥のその問いに男はやんわりとした笑みを保ったまま、首を横に振った。

「はは、違うんですよ。こういう見た目をしていると、寄ってくるのは女性だけではないもので」

「ご安心してください。うちの頼政は見た目で相手に好意を持つ人間ではありませんから」

とんでもない誤解をされたような気がして唖然《あぜん》とする頼政だが、夜鳥はむしろ面白そうに否定の言葉を口にした。

「分かります。賢そうですからね。さ、どうぞどうぞ。中にお入りください」

「ええ。では、失礼します」

「それとあなたのような男性でしたら、僕のお店に客としてきていただいても全然構いませんよ。むしろ、大歓迎しますよ」

そう言い残して男が部屋の奥に戻っていく。後姿が見えなくなったあと、頼政は小さく呟いた。

「……もしかしなくても、僕あの人に色目使ってるって思われました？」

「思われたねぇ」

「そんで、多分さりげなく夜鳥さんに失礼なこと言ってましたよ」

「俺は別に気にしてないよ。ああいうジョークも商売道具なんだろう」

笑顔でそう言う夜鳥だが、一人称が「俺」になって素が出ているので、実は内心怒っている様子だ。

なるほど、ホスト。あの見た目で何の仕事をしているのだろうと疑問に思ったが、とてもしっくりくる。ただし、今期のドラマにホストに騙された女性の話があるせいか、夜鳥の彼に対する好感度は低めだ。

室内に入ると、広々としたリビングには額縁つきの絵がいくつも飾られていた。

それもすべてが少女の一枚絵。

画風がそれぞれ異なっているので、作者は皆違うのかもしれない。

「さて、買い取ってほしい絵はどれですか？」

夜鳥がそう尋ねると、男は「ここにある絵全部です」と返した。

けなかった。


「え？」

呆《ほう》けた声を出したのは頼政だった。

「こ、これ売ってしまうんですか？　全部？」

「はい、全部。もう彼女たちとは別れましたから」

彼女とはこの絵のことを示すのだろうか、それとも実在する女か。頼政は聞くに聞けなかった。

夜鳥は特に驚いた様子もなく、白手袋をはめていた。

その夜鳥に今度は男が聞く番だった。

「総額でいくらくらいになりますか？」

夜鳥は絵の下にある作者の名が書かれたプレートを見ながら口を開いた。

「ここで値段を決めてしまうことはできませんのでノーコメントで。ただ……それなりに名が知れている画家もいれば、無名の画家もいます。値はばらつきが出るかと」

「まあ、できるだけ高めでお願いしますね」

「こういうのはあまり期待するものじゃないですよ。贋《がん》作《さく》を掴まされてる時もある」

「あ～……僕はあまりそういうものを気にしてなかった。買う時にもう少し調べておけばよかったです」

男は後悔を滲《にじ》ませた表情で言った。

（この人は作者買いをしていたわけでもなかったのか）

頼政は絵を一通り見回した。好きな画家の絵しか買わないコレクターというのはよくあるが、男にはそれがない。それから、先ほどの『彼女』発言。

彼は少女が描かれた絵のコレクター、だったのだろう。

夜鳥もその考えに行き着いていたようで、探るような口調で男に言った。

「手放すなんて少し勿体《もったい》ない気もしますが」

「……もういいんです。僕はようやく本当に好きになれる人を見付けましたから」

男はどこか晴れやかな様子で答えた。

「ええと……本当に好きな人、ですか？」

「はい。その人と正式にお付き合いすることになって今、僕はとっても楽しいんですよ。一緒に出かけたり、腕を組んで歩いたり……今まで、そんなことできませんでしたから」

なるほど、つまり人類との恋愛に目覚めたということだろう。

そりゃ今までできなかったはずだ、と頼政は内心思った。相手は絵の中の少女たちばかりだったのだから。

「彼女と僕が幸せになるためには金がいるんです。だから、ここにいる僕の元恋人を高く売らせてほしい」

穏やかに微笑《ほほえ》む男に、頼政と夜鳥は互いの顔を見た。頼政は困惑した表情で、夜鳥は何かを楽しんでいるかのように。

†

「須藤文孝《すどうふみたか》。それがあの馬鹿の名前」

頼政があの依頼人の名前を知ったのは、車に乗り込んだあとのことだった。

「夜鳥さん、あの人のことスゲー嫌ってません？　馬鹿呼ばわりしなくてもいいじゃないですか。ドラマの影響とか？」

「まさか。私は仕事にそこまで私情は挟まない。ただ、あれは本物の馬鹿だなと絵を見て思っただけだよ」

「うーん……でも、絵が大好きすぎて拗《こじ》らせるって話よく聞きません？　あの人が女の子の絵集めまくってたのも、その一種と思えば……」

「私が呆れてるのはそこじゃない。あの男は色んな画家の絵を持っていただろう？」

そういえば夜鳥が部屋でそんなことを言っていたような。

有名な画家から無名な画家まで揃《そろ》っているとか何とか。

そのことを頼政が思い出していると、夜鳥は心底呆れた表情で笑い声を漏らした。

「今回、須藤から買い取った絵は六枚。そのうち四枚が人気の高い作者のやつだ。買い取るとなると大体……」

このくらい？　と夜鳥が告げた金額に頼政は白目を剥《む》きそうになった。

それだけの価値があるものがこの車の中にある。万が一、夜鳥がこのまま事故を起こしたらとんでもないことになるだろう。

動揺のあまり、黙り込んでしまった助手に夜鳥は思わず噴き出した。

「そんな顔しなくても大丈夫だよ」

「夜鳥さん、絶対事故ったらダメですよ。ほら、もっとスピード落として安全運転安全運転!!」

「だから大丈夫と言っているじゃないか。今言った価格はあくまでも、本物だったらって話だよ。あれは全部偽物」

「は⁉」

あれが全部、偽物。

今度は別の意味で白目を剥きかけた頼政へ夜鳥は淡々と説明する。

「偽物にしてももう少し工夫して本物に近付けられなかったのかって聞きたいくらいの偽物ぶりだ。色の塗り方は画家それぞれで異なるものだけど、須藤の持っていた絵の塗られ方はその画家のものではないものばかりだった。しかも、ある絵に関してはその画家のファンだったら絶対気付くはずの違和感があるんだよ」

「え？　そんなのあったんですか？」

絵についてはは知識もへったくれもない頼政だ。

知っている画家などゴッホやダリなどぐらいである。

夜鳥が気付いた違和感とやらに気付けるはずなどなかった。

「……君は青いブローチを付けた少女の絵があったことは覚えている？」

「はい」

「あのプレートに書かれていた画家は変わった傾向があってね。それが青系統の色は絶対に使わないということだった。その画家は幼少期に母親が木に縄をくって自殺しているんだけど、死体が見つかったのは雲一つない青空が広がる日でね。それがトラウマとなり、青いものに対して拒絶反応を起こすようになったってわけさ」

画家となったあとも青への嫌悪感を克服することができず、青色を用いた作品は一枚たりとも存在していない。

それは彼のファンであるなら誰もが知っている、いわば常識。

と、そこまで説明をされて頼政は呆れと困惑が同時に押し寄せるのを感じた。

須藤は自信満々に絵を見せていたが、彼は偽物であることを承知で売りに出したのだろうか。

一応プロである夜鳥を欺いて大金を得るために。

どっちだ。悩む頼政に夜鳥は苦笑した。

「そこまで気にするなら、読んでみたらいいんじゃない？」

夜鳥の「読む」が指すものをすぐ理解して頼政はハッとした。

確かにあの絵に触れれば、ある程度は須藤の思念を拾えるかもしれない。それによって、須藤が何を考えているかはっきりできるとするなら。

夜鳥も須藤の思惑が分からず、頭を悩ませる必要もないだろう。そう思っていると、夜鳥がぼそりと呟いた。

「あのホストが偽物掴まされているところを見れるように頑張ってくれ。私も嘲笑うスタンバイしているから」

「アンタただ楽しんでるだけじゃねーか」

全然頭悩ませてなかった。

頼政が渾身《こんしん》の叫び上げると、夜鳥が拗《す》ねたような口調で言った。

「最初にあいつは馬鹿だって言っただろう？　須藤が偽物って気付いてないのはほぼ確定」

「あ、そうなんですか……」

てっきり夜鳥の言う馬鹿とはプロを騙して金をせしめようとする愚か者、という意味だと思っていた。

どうやらそのまま、ストレートに捉えてよかったらしい。

「だったら、あとはこの笑いのビッグウェーブに乗るべきだよ、頼政」

「そこは乗らないほうが……つーか、夜鳥さんが困ってないなら僕もサイコメトリーする必要性が特に……」

「必要性あるでしょ。私が楽しみたいからやって」

「何てことを……」

サイコメトリーは別に彼のオモチャなのではないのだが。

「……帰りにあの喫茶店に寄ってみようか。あの集団がまだ残っていたら君をあそこに送り返そう……」

「僕に任せてください、超任せてください」

「ありがとう頼政。世界で一番愛しているよ」

もはやヤケクソである。今日は厄日だと頼政は心の中で泣いた。

†

『彼方』に到着して、すぐにサイコメトリーは行われることとなった。

手袋越しに絵の額縁に触れてみる。視界が黒く塗り潰されたあと、いつも通り大量の写真が流れ込んできた。その大半はドラマでしか見たことがないキャバクラやホストクラブのような場所で、若い女性たちと飲み食いする写真だった。

あとは昼間から女性と街を歩いている光景や、同僚と思われる男たちと会話をする光景などを写真にしたものが多い。

そのあと、視界が暗くなって須藤の声が聞こえてきた。

『愛してるよ。君を店で見かけた時からずっと気になっていたんだ』

また女性を口説いているのだろうか。随分と甘い声だ。

『君をこの世に生み出してくれた作者に感謝するよ。そのおかげで僕は君という一枚の絵に出会えたんだ……』

いや、これは。頼政が一つの考えたに至った直後、視界が明るくなった。

先ほどお邪魔した須藤の部屋を背景にして、部屋の主が立っている。

……が、やけに顔がアップなのはどうしてだろうか。彼が愛の言葉を囁《ささや》いているのは人間ではないはずなのだが。

『愛してるよ。一生、この部屋で僕と暮らそう』

そして、近付いている顔に頼政は大声を上げた。

「ギャアアアアアアア!!」

「うわっ」

突如奇声を発した頼政に、隣で見守っていた夜鳥も驚いた声を漏らした。

それに構わず、頼政は絵から離れた。

「ヒィイ！　ホスト怖い!!」

「どうしたの、頼政？　何を見た？」

「危うく僕のファーストキスが奪われそうになったんですけど!!」

「生まれてこのかた彼女を作ったことのない冴《さ》えない男のファーストキスを奪うなんて最低ね。今から奴のところにカチコミに行こうかしら？」

頼政の被害状況を聞いた瞬間、夜鳥がクラブのママ口調でそう宣言する。

本当にマンションに戻るべく店から出て行こうとする夜鳥を頼政は必死に止めた。

「タンマタンマ！　別に僕だと認識してされそうになったわけじゃないんで!!」

「あら、そうなの？」

「そうだよ！　だから警察沙汰になるようなことは止めろ！　つーか、さりげなく僕のことスゲー馬鹿にしただろ!?」

「警察沙汰にならないように制裁を加えるつもりだったけど……まあ、いいか」

この男、警察沙汰になることよりも恐ろしい何かをしようとしていた模様である。

大人しく椅子に座ってくれた夜鳥を見て、頼政は安堵《あんど》のため息をついた。

「それで何でキスされそうになった？」

「僕ってより絵にキスしようとしていたみたいです。すごい口説きまくって」

「はー……」

その光景を想像したらしい夜鳥の目が虚《うつ》ろになった。

「予想していたよりも本物だったってわけか……よし、二枚目行ってみよう」

「おい」

夜鳥の催促に頼政は即抗議した。

「多分、また高確率で同じもの見そうなんですけど」

「うん、私も見ると思う」

「僕のためにカチコミに行こうとしたのは何だったんですか」

「いや、何か楽しそうだったから」

清々《すがすが》しいまでに自分勝手な理由だった。

「今度こそキスされたらどーすんだ！」

「その時は慰めてあげるよ。一緒にラーメン食べに行こう」

またキスされそうになったら、急いで手を離せばいいだろう。頼政は深呼吸を数回繰り返してから、二枚目の絵に触れた。

そして、数分後。

六枚目の絵を読み終えて頼政は椅子に座り込んだ。顔色が少し悪い。

「地獄を見ました」

「うーん、ごめんね、ちょっと後悔している。水持ってきてあげるよ」

心がやられかけている頼政の姿を見て、さすがに夜鳥も悪いことをしたと思ったらしい。そそくさと厨房《ちゅうぼう》の奥に消えていった。

そう、本当に地獄だった。

散々口説かれたあとで最後には顔を近づけてくるという衝撃的なサイコメトリー六連続。『僕の体見てみるかい？』と何故か脱ぎだして自らの体を披露する謎イベントも発生した。

ホストクラブに通う女性はああいうのが好きなんだろうか。

（ただ……本物だったんだろうな。あの人の絵に対する愛みたいなのは）

キスするくらい愛していた絵たちをどうして彼は売り飛ばす決意をしたのか。頼政はそこが引っかかった。

水が入ったグラスを持って戻ってきた夜鳥にそれを話すと、彼はふん、と鼻を鳴らして笑った。

「本当に好きになれる人を見付けたから、だったかな？　それじゃない？」

「やっぱり、そこですかね」

「『ずっと悪夢に苦しめられていた時、自分を救ってくれたのが今の恋人です』、か。ホストも苦労しているんだなぁ」

夜鳥は笑みを浮かべながら、テーブルに備え付けていたナプキンを一枚引き抜いた。そのナプキンを広げたり折り畳んだりと繰り返す姿を眺めつつ、頼政は須藤が話していたことを思い出していた。

彼は頼政たちが何も聞いていないのに、その恋人について勝手に話しだした。どうやら須藤はホストになってから、少女の絵を買い集めていたという。物言わぬ彼女たちと一緒にいるひと時に、心を癒されていたと。

しかし、二ヶ月ほど前から、毎日悪夢を見るようになってから、ずっと苦しんでいたらしい。

夢の中では、外見がまったくの別人となり、周囲の人間から醜いと疎まれていた。自らの見た目を武器にして商売している彼にはダメージがでかい夢だったことは頼政でも想像がついた。

悪夢が一ヶ月以上続くようになると、そのうち夢が現実になるのではと須藤は恐怖するようになった。

そんな時、現れたのが今の恋人だと彼は幸せそうに語った。どんなに醜い姿になっても、死ぬまで愛し続けると言ってくれた彼女に救われたそうだ。

今でも悪夢は見るが、どんな時でも彼女が側にいるだけで恐ろしいと思わなくなり、再び元気を取り戻した。

だから、今は二人で幸せな未来を掴むための資金集めに必死だと長々と喋る須藤の目は熱っぽかったと頼政は記憶している。

「……だけど、何かあっさりしてません？」

あんなに愛していた絵を、人間の女性を好きになった途端金に変えてしまう。その切り替えの早さが頼政には理解できなかった。

絵に愛情を注ぎすぎていた過去を消し去りたいとでも思っているのだろうか。

水を飲みながら悩む頼政を見て、夜鳥が口を開く。

「何？　頼政はあのホストが絵を売るのに反対？」

「そりゃ……だって絵が可哀想だと思いません？」

頼政が困惑げにそう言うと、夜鳥は不思議そうな顔をした。

「絵と人間、どちらを優先すべきかなんて天秤にかけるまでもないのに？」

「物って大切にしてると魂が宿るとか言うでしょ。その、誰かにずっと愛されてたのに、ある日突然急に冷たくされて……いらない物みたいに扱われて……お前はもう必要ないって……」

「……頼政？」

頭が痛い。ガンガンと内側から叩《たた》かれているような不快な痛みがする。

思い出したくもない記憶が脳裏に蘇《よみがえ》ってくる。

『私たちが別れて、それで頼政がどうなろうとあなたたちに関係ないじゃない！』

どうして、そんなことを言うのだろう。

『あんな子供産むんじゃなかった!!』

そんなに邪魔なら、どうして。

「あとでガラクタみたいに捨てるくらいなら、最初から……」

その先の言葉を言い終えるより先に、夜鳥の両手が頼政の肩を掴んだ。

「頼政」

「……あ」

夜鳥が真剣な表情で顔を覗き込んでいることに気付き、頼政は口を手で覆い俯《うつむ》いた。

つい、熱くなって余計なことを口走ってしまった。

気まずさを感じて恐る恐る顔を上げると、夜鳥は困ったように頼政を見詰めているだけだった。

怒ってはいないようだった。

「……すいません。何か、本当に」

「ううん、いいよ。それより、おやつ食べない？　通販で頼んだのが今日届いたんだよ」

「じゃあ、夕飯に響かない程度に……」

「よし。今持ってくる。美味いものを食べればあのホストのことなんて忘れるよ」

そう言って夜鳥が店の奥に行ってしまう。

自分以外誰もいなくなった店内で頼政は「あ～！」と頭を抱えた。

（絶対に気遣わせた。気を遣うことに絶対に慣れてない夜鳥さんに気遣わせちゃっただろ！　何やってんだよ僕はよぉ!!）

自身のふがいなさに呆れて深いため息をつく。

絵に自分の境遇を重ねたことをきっと夜鳥は分かっている。それを馬鹿にせず、怒りもせず、知らない振りをしてくれる彼の優しさがありがたい。

「……取り乱しちゃってごめん。君たちのほうが苦しいはずなのに」

テーブルの上に置かれた絵たちに頼政は小声で謝った。

この少女たちをどうするのか夜鳥は何も言わなかった。ただ、頼政にも見当はついていた。

贋作と分かっている芸術品の末路なんて一つしかない。

ずっと、あの部屋で須藤とともに過ごせればよかったのに。

何とも言えない寂寥感《せきりょうかん》を抱きながら、爪先で額縁にそっと触れた時だった。

視界が突然黒く染まった。

「え？」

勝手にサイコメトリーが発動している。

連続して使ったせいで力が暴走しているのかもしれない。焦っていると、いつの間にか頼政は『彼方』とは違う喫茶店の一席に座っていた。

勝手に暴走が始まった上に、誰のものかもはっきりしない思念の中に完全に入り込んでしまった。

今は夜鳥が側にいない。

この状態で自力で戻れなくなったら、と焦燥感はどんどん大きくなる。

(冷静になれ。冷静になれ)

これ以上、夜鳥を困らせるわけにはいかない。

自分にそう言い聞かせて周囲を見回す。昼時なのか、ほとんどのテーブルに客が座っており、店内は喧噪《けんそう》で満ちている。

恐らく須藤の思念なのだろうが、その肝心の本人がどこにも見当たらず、捜し続けていると急に静かになった。

何だ？　と思っていると、客たちは全員入口のほうへ視線を向けていた。頼政も同じように目を向けると、新しい客が二名来店したところだった。

一人はぼさぼさの髪に眼鏡をかけた小太りの男。

もう一人は外人の子役かと思うほどの愛らしい顔立ちをした金髪に青い瞳を持つ少女だった。

あまりにもアンバランスな組み合わせに頼政が呆然《ぼうぜん》としていると、周りの客がひそひそと話を始めた。

「いいなぁ。あの男」

「くそっ！　どうしてあんなデブが……」

「不細工な男ねぇ。あんなに可愛い女の子だったらもっといい男が選べたはずなのに……」

「ヤバくない？　あの女の子、あいつに弱味握られてんの？」

それはほとんどが男に対する誹謗中傷《ひぼうちゅうしょう》だった。

見知らぬ誰かであっても、思念の中であっても、こういうのを聴き続けるのは楽しいことではない。

頼政は顔をしかめる。群衆の心ない言葉に男は自信なさげに俯いていた。

「私はあなたを愛してるわ」

店内の淀《よど》んだ雰囲気を吹き飛ばすかのようにそう言い放ったのは、金髪の少女だった。

「たとえ世界中の皆があなたを嫌っても、私はあなたを死ぬまで愛し続けるわ」

「……本当に？」

金髪の少女の言葉に男が声を発する。それは頼政がつい一時間程前に聴いた声だった。

頼政が驚愕《きょうがく》している間にも、金髪の少女は男の吹き出物にまみれた頬に優しくキスをしていた。

「本当よ、文孝さん。だから、私のためにもっと頑張って」

少女が甘い声でそう囁いた直後、頼政の意識は『彼方』の店内に戻された。

時間はほとんど経《た》っていないようで、夜鳥もまだ戻ってきていない。頼政は暫《しば》し呆然としてから、絵を見下ろした。

（あの夢……あの夢が須藤さんを苦しめていた悪夢だとしたら、あの綺麗な女の子が須藤さんの恋人ってことか……？）

片やホスト、片や美しい金髪碧眼《きんぱつへきがん》の美少女。

付き合う相手があまりにも現実離れしているような気がするが、須藤の話とほとんど合致する。サイコメトリーの暴走は少し怖いと思うが、一つの事実を知ることができたかもしれない。

そこまで考えて頼政は首を横に小さく振った。

（暴走したわけじゃないかもしれない。何かを伝えたくて――）ひょっとしたら、この絵たちが僕に見せてくれたのかもしれない。何かを伝えたくて――）

その何かを知る術は頼政にはなかったが。

†

結局、あれから一週間がすぎても、頼政が須藤の件で新たに分かったことは何もなかった。

夜鳥に夢の件を相談しようとも思ったが、どうにもこの話題を口にしづらいのだ。絵に感情移入しすぎて変なことを言い出さなければよかった。

後悔先に立たずとはまさにこのことだ。

大学の食堂の隅っこでカレーを食べながら頼政は一人自己嫌悪に陥っていた。

こんなに気分が晴れなくても、カレーはとっても美味しい。ここの食堂はラーメンやそばなど麺類は微妙でも、カレーだけはかなり美味しいのだ。

ルーに加えて林檎《りんご》やにんにく、しょうがなどで味付けされたルーはそれだけでもライスが進む。

高校の食堂で食べたカレーは辛みが強く、味を楽しむ余裕があまりなかったが、このは中辛より少し甘め程度なのでルーの美味しさをよく感じることができる。肉は豚の塊を使用しており、しっかり煮込んでいるおかげでとても柔らかい。

美味しいものを食べていると不思議と元気になるもので、空腹になると一時は忘れていたはずの悩みを思い出して憂鬱《ゆううつ》になる。

ストレスによるやけ食いとはこういうことなのかもしれないと考えていると、「あいつ絶対に叩きのめしてやる!!」と女性の声が聞こえてきた。

攻撃的なそれに咀嚼《そしゃく》しながら頼政が顔を上げると、中央のテーブルにいる集団が真剣な顔で何かを言い争っていた。

「あ」

彼らは先週、頼政にインタビューしてきたオカルト&心霊研究サークルのメンバーだった。

そこに先日はいなかった女子が一人混ざっている。彼女は何故か泣いており、隣に座っていた紗奈がハンカチで涙を拭いてあげていた。

「恵梨と恵梨のお姉さんの敵討ちよ！　そいつ絶対に許さないわ!!」

「落ち着けよ！　こういうことはまずは警察に相談したほうがいいって！　それにあ

いつがどこにいるか分からない状態だろ？」

「ですが、警察はお姉さんが納得しているということで事件性はないと言っているらしいじゃないですか。ここは僕たちで討入りするしかありません!!」

「み、皆さん落ち着いて……」

玲と岸辺が怒り大爆発で、高松と紗奈が何とか宥《なだ》めようとしている。そんなところか。

頼政はゆっくりと彼らのテーブルに近付いていった。

「あの～……何かあったんですか？」

「あっ、深山君!?　ちょっと聞いてよ。恵梨のお姉さんがホストに金取られたのよ!!」

玲が泣いている女性へ視線を向けた。その女性が恵梨さんだろう。

恵梨は頼政に「……こんにちは」と小さく挨拶をした。

「騙し取られたっていうのは？」

「姉さん、私に黙ってホストと二人っきりで会ったんだって、その時に妹が難病にかかってて今必死に金を掻《か》き集めてる最中だって言ったらしいのよ。姉さん、それを真に受けちゃって貯金してた百万ぜーんぶ……」

「ええっ!?　それ警察沙汰じゃないですか!?」

「そのあとはメールも電話も一切繋《つな》がらず。ただ、姉さんが『アキトは私を裏切ってない。何か事情があるはず』って信じきっちゃってるの。肝心の本人がこの調子だから警察も動いてくれなくて……」

「あ、アキトっていうのは、そのホストの名前ね。ちなみにこいつ」

そう言って玲が見せた一枚の写真。

「へぇ～……こいつが……」

それを見た頼政は、のちにこの時のことをこう振り返っている。

写真に写る須藤文孝を見て、よく平常心を保てたな、と。


もう午後の授業どころではない。

頼政は大学を飛び出すと、その足で『彼方』へと駆け出した。

平日の『彼方』は喫茶店ではなく、骨董品店として機能しているため、テーブルは布がかけられて、隅に寄せられている。頼政にとっては普段とは違う店内で、夜鳥はショーケースの埃《ほこり》を払っていた。

「や、夜鳥さん！」

「頼政。どうしたんだい、そんなに血相変えて……」

「こないだの須藤さんってホストのマンションに今すぐ連れていってください！」

「あのホストの？　何でまた」

「あの人、女の人からお金騙し取ってたみたいなんですよ！」

この一大事に気まずいなど言っていられない。目を丸くする夜鳥に、頼政は勢いよく叫んだ。

「……馬鹿だ、馬鹿だとは思っていたけど、ここまでとは」

「うっ、すいませ……」

「違うよ。頼政のことじゃなくて、あの馬鹿ホストのこと」

呟かれた一言に傷付いた頼政に、夜鳥はやや早口で訂正する。

「女を誑《たぶらか》すのが仕事みたいな男が女に誑されるなんて、あいつホストに向いてないんじゃないのかな」

心底馬鹿にしたような声音で言いながら、夜鳥は車のキーを懐から取り出した。

「……女って須藤さんの恋人のことだったりします？」

「そう。金髪の可愛い可愛いお姫様」

「うえぇっ⁉」

頼政は素頓狂な声を出した。夜鳥には夢の話はしていないはずだった。

「ど、どうして夜鳥さんがそのことを……」

「会った時から知っていたよ。あの部屋にずっといたし」

「いた⁉　えっ、僕気付きませんでしたよ⁉」

「頼政は気付いてなかったか。よし、行くよ。君をあのマンションに連れていこう」

少女が何者なのか説明もないまま車の助手席に座らされ、頼政は状況についていけずにいた。

あの須藤が詐欺を働いていたというだけで衝撃的なのに、少女が人間ではない可能性も浮上してきた。

大混乱のまま、車はマンションに到着して一週間前と同じ道のりであの部屋を目指す。

「……おっと先客かな」

夜鳥が立ち止まって小さな声で言う。須藤の部屋の前には彼と同年代の男性が苛《いら》立《だ》った表情で立っていた。

「おい、開けろ須藤！　いるのは分かってんだぞ‼　電話かけても繋がんねぇし、どういうことだよ⁉」

「失礼、文孝さんのお知り合いですか？」

怒鳴り声を上げてドアを叩いている男性に、夜鳥が臆することなく笑顔で声をかける。

頼政は男性の怒号に驚いて固まってしまっていた。

「……アンタら誰っすか？」

「骨董品店を営んでいる者です。須藤さんが先日、うちの店に買取りを依頼した商品の件で来てみたのですが……何かあったんですか？」

「須藤がホストやってるのは知ってます？」

「一応は」

「あいつ、一ヶ月前に自分の客から金騙し取ってたみたいなんすよ。実家の両親の会社の建て直しに必要とか言って……あいつ両親なんていねーのに」

被害は恵梨の姉だけでなかったようだ。

男性によると、須藤はもう四日も店に来ていないらしく、電話もメールもＬＩＮＥも反応がなかった。

無断欠勤の理由が分からず困惑していたところに、被害に遭ったと女性の家族が名乗り出て事件が発覚。

同僚である彼がこうして直接自宅にやってきたというわけだった。

勢いでここに来たはいいが、これは自分の手に負える案件ではないかもしれない。

どうしようと悩む頼政だったが、夜鳥は無言で部屋のドアノブを握った。

ガチャ、と音がしてドアがゆっくり開いた。

「鍵はかけていない……そんなことに構っていられないってことか」

独り言を呟いて夜鳥が部屋の中に入っていく。

「夜鳥さん入ったらヤバくないですか⁉　死体とかあったらどーすんの⁉」

「大丈夫。まだ死んではないはずだ」

「まだって言ったよ、この人ぉ！」

死体と出くわしませんように、と祈りまくってから頼政も意を決して中に入る。それに続いて同僚ホストも入室する。

部屋は静かだった。あまりにも静かすぎる。

そして、異様だった。

「あれ……？」

頼政はリビングにテレビがないことに気付いた。

初めてこの部屋にきた時は確かに在ったはずなのに。

どこの家庭にもあるはずの冷蔵庫や洗濯機も見当たらない。

「リサイクルショップに出せば金になるからな。家電は」

夜鳥の言葉に頼政は嫌なものを感じた。

須藤は言っていたのだ。彼女と幸せになるためには金が必要だと。

そのために大切にしていたはずの絵を売って、生活に必要なものを売って、女性から大金を奪った。

「須藤！　須藤、いないのか⁉」

同僚ホストが大声で呼ぶも返事はない。

ここには帰ってきていないのだろうか。頼政がそう思い始めた時だった。同僚ホストの「うわっ！」という声が聞こえた。

同僚ホストは寝室の前で腰を抜かしていた。

「どうしたんで……」

頼政は寝室を覗き込んで、言葉を失った。

噎《む》せ返るような芳香が充満する室内。

床には赤い薔薇《ばら》の花と愛らしいデザインのワンピースで埋め尽くされており、よく見るとペンダントや指輪もあった。

須藤はベッドで眠っていた。

一週間前に会った人物と別人では、と疑うぐらい痩せこけており、その傍らには1枚の絵が寄り添うように置かれていた。

絵の中で金髪碧眼の美少女が微笑んでいる。

「な、なん、何だ、これ……」

「色んなやり方で集めた金で買ったものだよ、頼政」

「嘘《うそ》でしょ、こんなことに使ってたのかよ⁉」

花も服もアクセサリーもこれだけの数となると、相当の金を要するはずだ。

だが、それ以上に頼政を震撼《しんかん》させたのは少女の絵はすべて売ったはずの須藤が一枚だけ絵を残していたことだ。

さらにそこに描かれた少女は夢に出てきた美少女と酷似していた。

これらが何を意味するのか。一つの答えに辿《たど》り着いた瞬間、背筋が凍った。

「須藤！　おい、須藤⁉」

同僚ホストが須藤を起こそうと体を揺する。

「う………？」

須藤の目が開き、同僚ホストの姿を映す。その直後、須藤は同僚を突き飛ばした。

「てめっ……何すんだ！」

「それはこっちの台詞《せりふ》だ。せっかく彼女と美味しいお茶を飲んでいたのに……それを邪魔する権利がお前にあるのか⁉」

激昂《げきこう》する須藤に同僚ホストが怯《ひる》む。

「彼女？　何言ってんだよ、お前……」

「須藤さんの恋人ってそこにいる金髪の可愛い女の子のことですよね？　だからこうして、ここまでその子に……」

絵を見ながら尋ねる頼政に、同僚ホストがわけが分からないという表情をする。

須藤にとってはこの対応が正解なのだ。

その証拠に怒りで顔を歪《ゆが》めていた須藤は笑顔を見せた。

「ああ、この前の……そうですよ。彼女が僕の本当の恋人です。可愛いでしょう？　醜くなった僕を世界中の人間が嫌っても彼女だけは僕を愛してくれるんです。だから、僕は彼女が求めることは何でもしなければならない。彼女が大好きな薔薇の花を、綺麗に着飾るための服やアクセサリーを集めなければならない」

須藤は絵に対して人間へ向けるものと同じ種類の愛情を向けていた。

だが、これは他の絵への愛情とは違うように頼政には見えた。

いや、愛情というより、依存と言うほうが合っているかもしれない。

「だから、金が一円でも多く欲しいんです。早く、早くあの女たちを売った分の金をくださいよ！　ねえ⁉」

「はぁ……？」

あまりにも傲慢な口振りだ。頼政も声を荒げてしまう。

「あんた、自分が何してんのか分かってないのか⁉　自分のことを好きだって言ってくれた人を騙して金奪い取ったんだぞ！　そんな最低なことしておいて、開き直るなよ‼」

「男が女を好きに扱って何が悪いんですかねぇ⁉　僕は愛を注いで、女は代金を支払う！　何もおかしくないだろ⁉」

「……おかしいとは思わないよ。それがアンタたちの仕事だろ」

頼政は怒りと悲しみが混ざった表情を浮かべた。

須藤の理論に不快さを感じたからではない。売り飛ばされた絵たちをサイコメトリーした時に見た彼の姿を思い出したからだった。

他人には理解されにくい愛だ。

しかも、贋作を贋作と気付かずに買った馬鹿な男だ。

だが、本来はこの世に存在してはならない偽物の少女たちに愛を捧《ささ》げるあの姿は幸せそうだったのに。

「でも、僕はアンタが捨てられた女の人たちよりも可哀想だと思うよ」

今の須藤は不幸な男にしか見えなかった。

「僕が……可哀想？　女より……ふざ、ふざけるなぁっ！」

須藤は頼政目掛けて床に落ちていたティーカップを投げ付ける。頼政は避けなかった。こんな男の暴力に逃げるなんて嫌だったからだ。

だが、ティーカップは頼政の顔に直撃する寸前で横から伸びた手によってキャッチされていた。

「おや、ピッチャー。スピードもパワーも足りていませんけど、大分体弱っているのでは？」

受け止めたティーカップをベッドに放り投げて夜鳥が挑発的に笑う。

そして、その行為は須藤の怒りを増長させるには十分すぎる効果があった。

「この……！　出て行け！　お前ら全員出て行け！　二度と僕と彼女の邪魔をするんじゃない！」

須藤が床に放置されているものを次々と頼政たちに投げだす。

薔薇や服はまだいい。ティーカップや陶器は凶器にもなりうる。

これ以上は、と同僚ホストが先に寝室から飛び出したので、それに続くように頼政も出る。

「あとでゆっくり、お話ししましょうか」

最後に告げてから夜鳥も部屋を後にする。

三人が出ると須藤は喚《わめ》きながら寝室のドアに鍵をかけてしまった。

同僚ホストが申し訳なさそうに夜鳥と頼政に頭を下げる。

「すんません。うちの馬鹿が……」

「あ、いえ……僕こそ須藤さんを無駄に刺激してしまって……」

「いいっすよ。お兄さんが言ってたこと合ってますから」

同僚ホストは笑いながら言った。

「須藤、二ヶ月くらいから本命を見付けたって喜んでたけど、どっか様子おかしかったんすよ。ボーってすることが増えて、何もないところで誰かに話しかける時もあって……マジで幸せそうに見えないって店の奴らも噂《うわさ》してました」

「そうだったんですか……」

「お兄さんたちは今日はもう帰っちゃって。あとは俺とか店長でどうにかします」

「あ、はい」

「よし、帰ろうか頼政」

頼政はさっさと玄関へ向かってしまった夜鳥を追いかけた。

「……須藤さん、大丈夫ですかね」

エレベーターを待ちながら頼政は小声で呟くように言った。

「さて、どうだろう。須藤をおかしくさせたのはあの絵だ。だけど、絵に囚われてしまったのは須藤の心の弱さが原因だろう。奴が正気を取り戻すためには奴自身が絵の呪縛から逃れることを少しでも望む必要があるんだよ」

「あれじゃあ、そんなの絶対に無理じゃないですか」

「そこはもう私たちが関わるべき案件じゃないよ。詐欺のことも須藤自身のことも、あとは奴の店と警察が解決するしかない」

やはりそこに期待するしかないだろう。

ため息をついていると、エレベーターが開いた。

「でも、奴の心に風穴を開けることはできたはずだ。あとはそれを広げればいい。どんな手を使っても」

「風穴？」

「……君はもうあの男に近付くべきじゃない。ああいう人間と君は致命的に相性が悪い。これ以上関わっても嫌な思いをするだけだよ」

乗り込んだエレベーターの中で夜鳥が穏やかな声でそう告げる。

頼政はそれに対してイエスともノーとも言えずに視線を彷徨《さまよ》わせた。

ここで夜鳥にとってベストな回答は何なのか。いくら考えても決まらない。

いや、夜鳥への返答に困っているのではない。自分がどうしたいのか、答えが出てこないのだ。

彼を、彼が愛していたはずの絵たちを救いたいと思う気持ちはある。

だが、これ以上彼の言葉を聞いていると、『古傷』が痛むのだ。

愛は見返りがあって、初めて注がれる。須藤の理論は頼政の理論でもあった。

須藤の言葉は何かをしないと、何かをあげないと愛されないと思っている頼政の心を見透かしたようなものばかりだった。

それでも、ここで引き下がりたくなかった。

「……明日、もう一度会ってみます。会って、説得してみたいんです」

「説得？　女から取った金を返せと？」

「それもあるんですけど、須藤さんには見返りなんてなくても側にいたいって思ってくれてる子たちがちゃんといるって気付いてほしいんですよ」

「……君は傷付くのが趣味なんだねぇ。マゾの傾向があるよ」

「人の性癖を勝手に捏造《ねつぞう》すんな」

傷付くのは好きじゃない。だが、傷付いても成し遂げたいことがあるだけだ。

また明日、ここにきて須藤と話す。望む結果を得られないかもしれなくても、何もしないよりはずっといい。

頼政は駐車場から高く聳《そび》え立つマンションを見上げながら手を握り締めた。

†

他には客のいない喫茶店に男の啜《すす》り泣く声が響く。

「ひっ、酷いんだ。あいつら、僕から君を引き剥がそうとして……」

「そう……怖い人たちね。あなたはよく頑張ったわ。ちゃんと最後には彼らを私たちの部屋から追い出してくれたんだもの」

「ああ、頑張ったよ。だって、僕は君を愛しているから……」

頬を赤らめる小太りの男を金髪の少女は抱き締めて、彼の頭を褒めるように撫《な》でた。

それは男にとって何よりの褒美だった。

この醜い姿となった須藤文孝という人間を、世界中の人間が嫌おうと、少女だけは最期まで愛し続けると誓ってくれた。

だから、少女が求めるものを手に入れるためにすべてを捨てた。

愛していた彼女たちですらも。

「あれ……？」

「どうしたの？」

目を見開き硬直する男に、少女は僅かに顔をしかめる。

おかしいと思ったのだ。この男は今まで自分と二人きりになった時、こんな表情を見せたことはなかった。

「なぁ……僕は確かに君を愛している。それは本当だ。君が僕を悪夢から救ってくれた。でも……だからって、僕はどうして何の躊躇《ためら》いもなく、彼女たちを売ったりしたんだ？　あんなに愛していたはずの彼女たちを……」

「…………！」

「部屋に来た青年が言っていたんだ。僕が可哀想だって。僕は君といたいと思ってるよ。でも、彼の言葉を聞いて気付いたんだ。僕は今、幸せなんかじゃないって！」

どこか怯えた様子で叫ぶ男に、少女は小さく舌打ちをする。

あの青年のせいで面倒なことになりそうだ。

せっかくちょうどいい『獲物』を見付けたというのに。

どうする。さらに酷い悪夢を見せて男を完全に壊してしまおうか。

迷っていると、ここにいるはずのない人物の声がした。

「その男はもう君の洗脳が解けかかっているよ。諦めなさい」

窓際の席に座り、にこやかに手を振る黒服の青年に少女は戦慄した。

ここは須藤文孝が作り出した夢の世界のはずだ。

どうして、その中に侵入することができたのか。

「アンタ、何をしたのよ⁉」

「君と同じだ。勝手に人の夢の中に土足で入り込んだ。ただ、やり口は君のほうがずっと汚い。自分の絵を買った男に毎日悪夢を見せ続け、憔悴《しょうすい》しきったところで自分だけは味方だと近付く。そうしたら、とっておきのおもちゃの完成」

黒服の青年——夜鳥の言葉に少女は唇《くちびる》を吊《つ》り上げた。

「……悪い？　こんな男、どうなってもいいでしょ。女を弄ぶだけ弄んで金を得る顔だけの男。どうせ遊ぶなら、そういう奴がいいと思っていたのよ。女を騙す男を騙すのって楽しくない？」

満面の笑みを浮かべて語る少女に、男の顔色はみるみるうちに悪くなっていく。

ようやく自分が彼女の操り人形になっていたのだと気付いたらしい。

項垂《うなだ》れる男を夜鳥は冷めた眼差しで見詰めながら、煙草《たばこ》にライターで火を点《つ》けた。

「その男を解放しろ。彼には正気に戻ってもらわないと困る。俺の助手が明日会いに行こうとしていてね」

「嫌よ。せっかく捕まえたのよ。もっともっと楽しまないと勿体ないわ」

「楽しむね。まあ、男を自分に溺れさせればさせるほど、美しくなっていくんだ。楽しくてたまらないだろう」

「……何のこと？」

「君の姿はそこのホストから生気を吸い取り続けることで保たれるものだろう？　そうやって、今まで何人の男を騙して衰弱させて殺した？」

夜鳥の体に煙草の黒い煙が纏《まと》わりつく。その姿が次第に別人に変わっていく過程を少女は最初は訝《いぶか》しげに、やがて怯えた表情で見るようになっていった。

その『誰か』が近付いてきても、足が震えて動けない。

夜鳥の黒髪から色素が抜け、顔が皺だらけになっていく。肉が削《そ》げ落ちて枯れ木のようになった指が全身を震わせる少女の顎を掴む。

「ひっ……！」

引《ひ》き攣《つ》った悲鳴を上げる少女に、夜鳥は愉《たの》しげに目を細めた。

「忘れたのなら教えてやろう。いま、君の目の前にある姿が本当の君だ」

次の瞬間、少女の狂ったような悲鳴が喫茶店に響き渡った。


「………っ」

そこで須藤は目を覚ました。体がやけに重く、頭も痛い。

しかし、いつもと違って起きたらすぐにまた眠って夢の中に行きたいという欲求が沸き上がらない。

腹が減ったし、喉も渇いている。このところ、どうしてか食事も摂《と》りたいと思わなかった。

ぼんやりと天井を眺めていると、どこからかオルゴールが鳴っていると気付いた。

室内を見回すと、テーブルの上に買った記憶のない木箱が置いてある。音もそこから流れていた。

そして、音が止むと木箱から黒い煙が流れ出し、黒い男の姿を作り出した。

「お目覚めいかがでしょうか、須藤様」

「とても……いいです……」

妖艶に微笑む男に、須藤は震える声で何とか答えることができた。

「あの、あなたは……僕を助けてくれたんですか？」

「ええ、助けました。だが、あなたのためではありません」

「……？」

「私の助手があなたと、あなたに捨てられた少女たちを救いたいと言っていましてね。ですが、私はこれ以上、彼をあなたに近付けさせたくなかった。だから、彼がまたここに来る前に私が来た。それだけです」

淡々と語りながら男は机の上にあったオルゴールを手に取った。

「さあ、私の仕事は済みました。ここからどうするかはあなたが決めなさい。私はどの道を選んでも文句は言いませんよ」

「ぼ、僕は……」

須藤はその場に項垂れたまま涙を流した。自分が『何』をしてしまったのか、記憶が蘇ってくる。その時、抱いていた感情も。

「罪を……償おうと思います。たくさんの者を裏切ってしまいましたから……」

許されたいとは思わない。許してくれないだろうことも分かっている。それでも、自身が犯した罪から逃げるわけにはいかないだろう。

確かにあの少女によって正気ではなかったかもしれない。

だが、女性たちを見下し、金を奪って嘲笑うこと。それは自分の本心だと自覚している。

彼女たちを陥れて優越感を感じてしまっていた。かつての鬱憤《うっぷん》を晴らすかのように。

だから、罪を償わなければならない。須藤はそう思った。

「それが一番でしょうね。助手もきっと喜ぶ」

「……ご迷惑をおかけして申し訳ありません」

「いいえ。私自身は面白いものをたくさん見ることができて満足ですよ。……ああ、それと一つだけよろしいでしょうか？」

「？」

「あなたにぜひ、聞いておきたいことがありまして」

夜鳥は人差し指を立て、須藤に問いかけをした。

†

須藤文孝が警察に自首した。

頼政がそんな話をあのサークルのメンバーから聞かされたのは翌日のことだった。須藤を説得したいと宣言したものの、何と言えばいいのか食堂でカレーを食べながら悩んでいると、突然五人に囲まれたのである。

またインタビューか、と身構えていると、玲から嬉《うれ》しそうに報告されたというわけだ。

警察に行く前に恵梨の姉にも謝罪があったらしい。

「あの店の人たちが頑張ってくれたみたいですよ、夜鳥さん」

「そうみたいだね」

「……何ですか、それ？」

大学が終わったあと、『彼方』に直行して夜鳥に報告しに来ると、彼は一枚の絵を手にしていた。

どこか恨めしそうな表情でこちらを睨み付けているような白髪の老婆。

最近、愛らしい少女の絵ばかりを見ていた頼政は少し精神的ダメージを負った。

「こわっ……どうしたんですか、これ」

「貰ったんだ」

「貰ったって……夜鳥さん趣味悪くないですか？」

「何を貰おうが私の勝手。私、こういう絵大好きだし」

「変わってるなぁ……あ、そういえば須藤さんの絵ってどうなるんですか？」

こんなことになってしまったのだ。少し不安になって尋ねると、夜鳥は「今朝、彼から電話があってね」と笑いながら話し始めた。

「しばらく警察の世話になるかもしれないから、渡した絵は預かっててほしいって言われたよ。私も一応、あれはほとんどが贋作だって伝えたのだがね、『僕は彼女たちが有名な画家の作品だから愛したのではなく、彼女たちが美しいから愛したんだ』って返ってきたよ。健気だなぁ」

「本当ですか？　……よかったぁ」

安堵で脱力する助手の姿に、夜鳥は「おおげさだなぁ」と笑った。

「……僕夜鳥さんに内緒にしてたんですけど、実は須藤さんが見てた悪夢っぽいのをサイコメトリーしちゃったんですよ。あれ、多分須藤さんの絵たちが見せてくれたと思うんです。須藤さんを助けてほしいと思って」

「へえ、随分ロマンチックなことを言いだしたね」

「どーぞ、お好きに言ってください……あ、でも金髪の女の子の絵はどうなったんですか？　あれのせいで須藤さんおかしくなったんでしょ？」

「そうらしいね。悪夢もあれを買って一週間ほどしてから見始めるようになったって言っていたし。普通の人ならさすがに怪しんで絵を手放していただろうけど、彼の場合は少女の絵に対しての愛情値が高かったからね。絵が原因だなんてこれっぽっちも考えなかったそうだよ」

「そんなヤバいの、そのままにしておけないじゃないですか」

もし、あれが他の人間の手に渡れば同じことがまた起こるかもしれない。想像して頼政は焦った。

一体どうなった。夜鳥に詰め寄ると、彼は苦笑しながら口を開いた。

「あの絵なら同僚がライターで燃やしたそうだ。だから、心配しなくていいよ」

そう答えた夜鳥の目は一瞬だけ老婆の絵を映したが、すぐに慌てている助手へと向けられた。

「燃やしたならいいですけど……その燃えカスがどうにかなって大変なことに～とかならないですよね？」

「頼政は心配性だなぁ」

にこにこと笑う夜鳥とは対照的に、頼政は浮かない表情だ。

「そりゃ心配にもなりますよ。おかげで昨日そんなに寝られなかったんですから」

「おや、寝不足？」

「ちょっとだけ」

「だったら、添い寝してあげようか」

人形のように綺麗な顔の美青年にそう言われたら、世の中の女性はあっさり落ちるだろう。

しかし、頼政は同性であり、年上の友人をそういった目で見ることはない。さらに夜鳥は少し笑いを堪《こら》えた様子で頼政の反応を待っている。

つまり、単なる冗談である。冗談にしてはタチが悪いが。女性だったら本気にするかもしれない。

「……そういえば、須藤さんってどうしてあんなに女の子の絵が好きになったんですかね。時期的に呪いとか、あんまり関係ないっぽいでしょ。ホストが絵に夢中なんて……」

「違うよ、須藤は女の子の絵を好きになったんじゃなくて、絵の中の女の子を愛するようになったんだ」

「絵の中の……女の子……」

「私も気になったから聞いてみたんだ。絵の価値なんてまったく分からないあなたがどうしてコレクターになったのか、って」

「そしたら？」

続きを促す頼政に、夜鳥は緩やかな笑みを浮かべながら、「いつでも笑っているからだって」と答えた。

「以前の彼はホストという仕事で精神を大分やられてしまっていたみたいなんだ。自分の言動一つで機嫌が変わる女性を客として扱い続けている毎日に苦痛を感じていたって嘆いてたよ」

そんな時、閉店間際の骨董品店で偶然見付けた一枚の絵画。そこに描かれていた少女は静かに微笑んでいた。

その姿を見た瞬間、須藤は無意識のうちに涙を流した。愛を囁かなくても、絵の中の少女はいつでも笑いかけてくれる。

そう感じ、大安売りされていた絵を衝動買いしたのがすべての始まりだった。

「依存に近かったと私は思うな。生身の人間を愛せなくなって、紙に描かれただけの存在に惹《ひ》かれるようになるくらいには、心が病んでいたんだよ。そういう弱い人間ほど、少しついただけで落ちる」

「それで、あの金髪の女の子に……？」

「そうなるかな。須藤さんにしてみれば、絵に出会って救われた気分だったけど、実際は現実から逃げてしまった弱い人間だねぇ」

「……でも、愛してたっていうのは本当だったんじゃないですか？　だって、絵を預かっててほしいって言ってたんでしょ」

須藤を擁護したいわけではない。

ただ、彼の記憶を読んだ時に見た絵に対する愛情は依存を抜きにしても、確かに存在していたように感じられた。

頼政が自分の意見を口にすると、夜鳥は小さな笑い声を漏らした。

「君は逆に依存される側だろうねぇ。優しすぎるよ」

「そー見えます？　友達すら満足に作れねーんですけど」

「思う。うん、思うよ。だから変なのに絡まれないように気を付けるんだよ」

「はぁ……」

どうしてか、妙な説得力を感じる。夜鳥からの忠告に頼政はとりあえず頷《うなず》いておくことにした。

Yatori Natsuhiko's Antique cafe
Presented by Hari Garasumachi
Illust by Shizu Yamauchi

Episode.3 緋色の末路

　下校途中、とある家の前が騒がしかったのは、雪が降りしきるある日のことだった。

その家の前には近所の人だけでなく、カメラやマイクを持った人々まで集まっていた。

その横にはパトカーが停《と》まっている。

　頼政《よりまさ》が立ち止まっていると、マイクを持った男が頼政を見付けて駆け寄った。

「ボウヤ、この家に入った強盗事件何か知ってるかな？」

「え、あの……」

「お父さんとお母さんから何か聞いてない？　ここに住んでる人、泥棒に殺されちゃって家にあったお金たくさん取られちゃったんだよ」

「こ、ころさ……？」

　男はその場にしゃがみ込むと、内緒話をするかのような小声でそう言った。その言い方に頼政は妙な寒気を覚え、思わず家を見上げた。

誰が住んでいるかも分からないこの家で、名前も顔も知らない誰かが死んだ。人が死ぬ。それがどうしようもなく恐ろしく感じた。

だから思わず聞いてしまった。

「……怖くないんですか？」

「え？」

何を言われているか理解できなかったらしい男に、頼政はもう一度尋ねた。

「人が殺されたの、怖くないんですか？」

「あ、ああ……怖いよ。とっても怖いね！　だから、事件を早く解決しなくちゃいけないんだ。そのためにも知ってること何でもいいからおじさんに……」

男の言葉は途中で止まってしまった。頼政のすぐ隣に黒尽くめの青年が自分と同じようにしゃがみ込んでいたのである。

そして、青年は甘く妖しい笑みを男に向けると小首を傾《かし》げた。

「この子に何か？」

「や、いや……ちょ、ちょっと取材ごっこをしてまして……」

「ごっこ？　まだ小学生の子供に強盗殺人の話なんて持ち出すなんてリアルですね」

青年がちらりと事件のあった家へ視線を向けると、男は慌てた様子で立ち上がった。

そして、敵意を込めた目で青年を見下ろした。

「べっ、別に子供に取材をしたらダメだなんて決められていないでしょ。こっちはただ情報が欲しくてやってるだけです。悪いことなんかじゃ……」

「ああ、現場検証を終えた警察が家から出てきますよ。こんな子供から話を聞き出そうとするより、彼らに詰め寄ったほうが早いとは思いませんか？」

青年の言葉は本当だった。野次馬がにわかに騒ぎだし、「落ち着いてください！」と諌《いさ》めるような苛立《いらだ》った声も上がる。

記者は小さく舌打ちをすると、その群れへと戻って行った。少しでも情報を得るため、警察に根掘り葉掘り聞き出すつもりだろう。

頼政は青年を暫《しば》し見上げたあと、頭を下げた。

「夜鳥《やとり》さん……助けてくれてありがとう」

「何のこと？」

聞かれて頼政は視線を彷徨《さまよ》わせた。どうして彼に礼を言ったのか自分でもよく分からなかった。あの男に何か暴行を加えられると思っていたわけではない。ただ、この家で起きた事件について何か知っていないか聞かれただけだ。

それでも、確かに夜鳥に助けられたと感じたのだ。そのことを上手く言葉に表せられないだけで。

「さあ、帰ろうか。君の家まで送っていってあげる」

夜鳥に差し伸べられた手を頼政は迷うことなく握った。いつも夜鳥の手はひんやりとしている。だが、今回は冬特有の鋭い寒さのせいですっかり冷え切った頼政のほうが冷たさを上回った。

「ダメだよ、頼政。ちゃんと手袋をはめておかないと。いつもは温かい君の手がこんなにも冷たい」

「家に忘れてきちゃった。学校に向かってる途中で気付いたんだけど、遅刻しそうだったから家に帰れなくて」

今朝の修羅場を思い出して頼政は乾いた笑いを浮かべた。手袋だけでなく、算数の教科書まで忘れてしまったことはさすがに恥ずかしくて口には出せなかった。

そして、先ほどまで嫌な冷たさを覚えていた心が今はほんのりと温かい。頼政は安《あん》堵《ど》のため息をついて、夜鳥の手を握る力をほんの少しだけ強くした。

†

骨董喫茶店『彼方《かなた》』を訪れる客の目的は主に二つ。

「あっ、店長さんいた！　あぁ〜〜〜目の保養になる……」

「拝んどこう」

一つは夜鳥目当て。崇拝対象となっている。

「このスイートポテトヤバい。めっちゃ美味い」

「んー！　生地は滑らかだし、さつま芋の甘みすごいしパクパクいけちゃうわ」

もう一つは頼政の作るスイーツ目当て。

と、このように骨董喫茶店と銘打っておきながら骨董品を見に来る客は非常に少ない。

客層が若い女性であることが一番の要因になっているのだが、これで本当にいいのかと頼政はよく思っている。店長の夜鳥がこの問題を深刻に捉えていないせいで、解決の兆しは一向に見えない。

「あら、この懐中時計ってこの前は置いてなかったんじゃないかしら？」

なので、こうして本来の目的で来てくれる客は貴重である。ニコニコとした表情でショーケースの中にある品物を眺めている常連の老婦人に、頼政は涙ぐむ。

彼女とともにくる孫の少年はまったくそれに興味がなく、椅子に座ってずっとゲームをしているが。

「頼政ちゃん、このランプもお洒落《しゃれ》なデザインねぇ」

「はい。僕も素敵だなって思います」

彼女の名は冬海桐子《ふゆみとうこ》。この近所に住んでいる老婦人だ。おっとりした性格で、こうして頼政に話しかけることも多い。

そして、骨董品コレクターでもある。

「それでね、今日はこの懐中時計を買おうと思うのだけれど……」

「分かりました。今、夜鳥さんを呼んできますね」

いつの間にか店内から姿を消していた夜鳥を捜しに、スタッフルームを覗《のぞ》き込む。

「夜鳥さーん、桐子さんが…………」

頼政が見たもの。それは手鏡で自分の身なりを必死にチェックする店長の姿だった。

生暖かい眼差しを向ける助手に気付いた夜鳥は恥ずかしそうに口元を押さえた。

まるで少女漫画のようだが、どちらも男である。

「もう。いるならいるって言ってほしいなぁ頼政」

「はよ店に戻れ」

世の中の女性たちの心を掴《つか》みそうな仕草をされたところで、頼政の中に動揺という言葉はない。あるのは「何してんだ、こいつ」という呆《あき》れのみである。

いつもは仕事の最中にここまで自分の姿を気にすることのない夜鳥が何故、このような行動を取っているか。それはわりとシンプルな理由からだった。

「あらあら、こんにちは店長さん」

「こちらこそ、こんにちは桐子さん。今日も美人ですね」

「ありがとう。でも、そういう言葉はもっと若い子たちに言ってあげてちょうだい。もう私は美人だなんて言われる歳ではないもの……」

「そんなことありませんよ」

この店の来店目的の大体は夜鳥目当てである。実際、店内に戻った夜鳥に女性客の視線が一斉に向けられた。

だが、当の本人は彼女たちには目もくれず、一人の老婦人にかなり入れ込んでいる。桐子が他の客と違って骨董品目的だからなのか、彼女の人柄に惹《ひ》かれたのか。それは定かではないし、あまり聞きたくないので頼政の中では謎に包まれている。

いずれにせよ、夜鳥にとって桐子はもっともお気に入りの客であった。

(何か少女漫画みたいだな)

大人気の美青年にはさして興味のないヒロインと、そんなヒロインにご執心の美青年。わりとありがちな設定である。

頼政も普段異性に熱を入れないタイプの夜鳥がこうして、一人の女性に夢中になっている姿を見ていると、「あ、この人もこういうことには興味あるのか」と知ることができる。

問題があるとするなら。

「桐子さん、今度一緒にお食事でも行きませんか？　美味しい和食料理店がありまして……」

「気持ちは嬉《うれ》しいのだけれど、ごめんなさいねぇ。私、夫以外の男性と二人きりで食事には行かないって決めてるのよ」

「それはそれは。失敬しました」

彼女が既婚者であり、意外とガードが固いということだった。なので、頼政は夜鳥を応援したことは一度たりともなく、「さっさと諦めてくんないかな」ぐらいに思っている。

今日も桐子の鉄壁の守りに阻まれてデートの誘いに失敗した夜鳥に同情する気は毛頭なかった。もっとも、本人はさほどダメージを受けているようには見えないし、実はこのやり取りがしょっちゅう行われている。

ここで頼政が夜鳥の念願成就のために根回しして二人がどうにかなってしまったら、後々えらいことになりかねない。不倫など身を滅ぼすだけである。

「それに私、今この店に来るのが一番楽しいのよ。大好きなものをたくさん見られるし、夜鳥さんや頼政ちゃんに会えるもの」

「そう言っていただけると、私も嬉しいです。今、ショーケースの鍵をお持ちしますので少々お待ちください」

甘やかな笑みを浮かべて夜鳥が再び店の奥に向かう。その途中に頼政の腕を掴む。

どうして自分まで連れてこられたのか、大体予想がつきつつも頼政は尋ねた。

「ちょっとちょっと。何で僕までこっちに来てんですか」

「頼政、君って来週の平日どっかで大学休み取れたりしない？」

「取れなくもないけど、アンタに協力するために休むとかマジで勘弁です」

「普通こういう時は渋々だけど協力してくれる流れなんだけど、君も君でガードが固いなぁ。頼政が一緒なら桐子さん一緒にご飯食べに行ってくれるはずなんだけど」

予想大的中である。頼政は思わず後ずさりをした。

「だって向こう旦那さんいますからね⁉　それ分かった上でまたアタック続けるとか絶対ダメな奴《やつ》だろ」

「私が昨日見たアニメじゃ魔界の王子やっている主人公が人妻を自分のハーレムの一員にしてたし、私も大丈夫だよ」

ポジティブの方向性があまりにもぶっ飛んでいる。

「大丈夫じゃねーよ！　ここ魔界じゃなくて人間界だから！　人間界では人妻に手出すのは裁判沙汰だっつの！」

この男は頭はいいはずなのだが、たまに頭のネジが外れている時がある。そのネジを締め直すのが頼政の役目だった。

ショーケースの鍵を持った夜鳥とともに店内に行くと、ずっと椅子に座ってゲームを続けていた孫が頼政のほうを見た。

　彼は冬海郁《いく》。高校二年生で、同世代に比べると少し小柄だ。そして、小さいけど、カッコいい子ということで女性客の間で密《ひそ》かに噂《うわさ》になっている。

　少し癖毛気味な黒髪も彼の魅力の一つになっているようだ。

「何か？」

「……お前も大変だなって思って。趣味の悪い奴上司に持って」

　郁がこうして頼政に話しかけてきたのは初めてだった。いつもは店に来てもゲームしているか、食べているか飲んでいるかだ。年下なのは分かっていても、その吊《つ》り目で見られると何か機嫌を損ねることをしてしまったのだろうかと、頼政は委縮することがあった。

　そして、その発言に嫌な予感がした。

「趣味の悪いって何のことかな……？」

「あいつ、うちのばあちゃんに夢中だろ」

　やっぱりそれだった。頼政は青ざめた。

「何か本当にごめんね。マジで」

「いやさ、別に謝ってもらいたいわけじゃねーから気にしなくていいよ。ただ、あいつ結構イケメンなのによりによって、何でばあちゃんなんだって気になっただけだから……」

　郁は本気で理解できないという表情で首を傾げた。それは頼政にも分からない。

「でも、桐子さんいい人だよね。僕にも優しくしてくれるし」

「ん⁉　まさか、お前も……⁉」

「違う！」

　郁に疑いの眼差しを向けられて頼政は全力で否定した。

　夜鳥がああなので孫が疑心暗鬼になっているのは仕方ないにしても、ここはきっぱりと言っておかなければならない。

「僕はただ桐子さんみたいなおばあちゃんがいたらいいなぁって思ってるだけで」

「俺はあんなばあちゃんでたまに疲れることあるから薦めねぇよ。何だってああいうガラクタ集めが大好きなのか、俺には分かんねー」

　まあ、そういう考えの人もいるだろう。実際、夜鳥やケーキ目当ての客も骨董品を見てないことが多い。

　頼政としては買わなくてもいいから興味を持ってほしいのだが、無理強いもよくない。ガラクタ呼ばわりに苦笑するしかなかった。

　そんな頼政を見上げ、郁がゆっくりと口を開く。

「……なあ」

「うん？」

「今、余計なことを言ってわるか……」

彼の言葉を遮るように別のテーブルの客がコーヒーのおかわりを頼政に告げる。

それに反応してそのテーブルへと向かった頼政に郁は一瞬焦ったような表情をしたが、すぐに真顔に戻ってゲームを再開した。

その様子を眺めていた夜鳥に、桐子が話しかける。

「夜鳥さん？　あの子が何かしたかしら？」

「いえ、こうして一緒に店に来るなんておばあちゃん思いの子なんだなと」

「夫に似てあまり愛想はよくはないけど、優しい子なのよ。こうして私にいつもついてきてくれて……本当はもっと若いお友達と遊んでいたほうが楽しいはずなのに」

「桐子さんのことが大好きだからですよ」

夜鳥がそう言うと、桐子は恥ずかしそうに笑った。

「嬉しいことを言ってくれて、ありがとう。あなたも頼政ちゃんも本当に優しいのね」

「そんなことは。私たちにとってお客様は神様ですから」

桐子に褒められて幸せそうに微笑《ほほえ》む夜鳥を、周りの客たちがスマホで撮影している。

接客の合間にそれを見ていた頼政は思った。

どう考えてもアウトな恋路でも、間接的に誰かを幸せにすることはできるんだなと。

「それじゃ、そろそろ帰ろうかしら。郁も帰る用意はいい？」

「とっくに済ませてる。むしろ、ばあちゃんを待ってたくらいだからな」

他の客があらかた帰った頃になり、桐子たちもレジに向かう。懐中時計は先に購入していたので、代金はケーキとお茶のみだ。

「今日も頼政ちゃんのケーキ美味しかったわ。南瓜《かぼちゃ》ってあんなにお洒落なケーキになるのね。私たちの歳だと南瓜って聞くと、煮物くらいしか思いつかなくて……」

「ぼ、僕も南瓜の煮物大好きですよ！　甘じょっぱいのがいいんですよね！」

今日の一番人気のケーキは南瓜のモンブランだった。

南瓜を練り込んだオレンジ色のクリームを生クリームとスポンジで作った山にくるくると巻き付ければ完成。てっぺんには栗ではなく、南瓜の甘煮を小さく切ったものを乗せている。栗のモンブランと違ってオレンジ色の見た目は鮮やかで、頼政が予想していたよりも人気があった。

実は客たちの南瓜の使い道がよく分からないという会話を聞いて作ってみたものなのだが、わりと何にでも使える野菜なのだ。

「僕の家ではシチューにも入れたりしてるんですよ」

「美味しそうね。今度試してみようかしら」

「ばあちゃん、早く帰んぞ」

「はいはい、待っててね郁」

郁に急《せ》かされて桐子は困ったように笑った。

家の中でもこんな感じなのかもしれない。頼政がそう思っていると、桐子に「ねえ、頼政ちゃん」と名前を呼ばれた。

「今度頼政ちゃん、私たちのおうちきてみない？」

「おい、ばあちゃん……」

「いつもお世話になってもらってるお礼に何かごちそうしたいの。それに頼政ちゃんも骨董品大好きなんでしょう？　私のコレクション見てほしくて」

「いいんですか？」

骨董品というとこの店か、美術館でしか見たことがない頼政にとってはありがたい話だ。

桐子の誘いに頼政は目を輝かせた。

「コレクションと言っても、私が集めてるのは時計とか根付なんだけどねぇ。それでもよかったら」

根付とは江戸時代に使われていた留め具である。現代で言うところのストラップに近く、コレクターも多い。今の時代でも作られており、一種の芸術品と言っても過言ではないだろう。

「それとね、一番の宝物があるの」

「宝物？」

「そう。ナイフよ」

その言葉に頼政の脳裏にナイフで悪人たちを切り刻む桐子の姿がよぎった。

彼女には悪いが、一番の宝物が刃物と聞くと、何だか物騒な感じがした。

固まる頼政に桐子は思い出したように付け加えた。

「ああ、怖がらせちゃってごめんなさい。でも、切るために作られた物ではないの」

「どういうことですか？」

「そのナイフはね、フランスのある職人さんが作ったらしいのだけれど、毎日刃を果実や花を潰して作った汁に浸し続けたの。それも三年間も。そして、甘い汁を染み込ませ続けたナイフには色とりどりの蝶々《ちょうちょ》が集まって、その汁を吸っていたそうよ」

「へぇー……」

果物や花の汁を吸ったナイフに蝶がその汁を吸いにくる。何だかおとぎ話のような逸話である。

そういう目的で作られたのなら、デザインも凝ったものなのだろうか。頼政が想像していると、黙っていた郁が呆れたようにため息をついた。

「ばあちゃん、それ信じてたまにナイフにみかんとか林檎《りんご》の液かけてんだよなぁ……」

「そうなの⁉」

あまりの徹底ぶりに頼政は驚いた。だが、桐子は嫌な顔一つせず、「だけどね」と開口した。

「いつか本当に蝶々が来てくれるかもしれないでしょう？」

「はいはい。ばあちゃん、早く帰んねーとおふくろが心配すんぞ」

「ふふ、そうね。それじゃあ、頼政ちゃん。今度時間ある時にでもどうぞ」

「はい。ありがとうございまし……」

「桐子さん、またのお越しをお待ちしております」

いつの間にか背後に立っていた夜鳥が満面の笑みを浮かべて二人を見送る。彼的には桐子だけのつもりなのだろうか。

そして、笑顔のままでしかめ面をした頼政に向き合った。

「桐子さんの家、私も行っていいかな？」

「夜鳥さんが行っていいかどうかは僕が決めることでは……」

「だって、頼政は私の相棒だからねぇ」

「馬鹿者！」

夜鳥は何か勘違いしているかもしれないが、相棒だからと言って何でも許されるわけではない。頼政が渾身《こんしん》の勢いで怒鳴ると、夜鳥はほとんど堪《こた》える様子もなく、くすくすと小さな笑い声を漏らした。

「でも、桐子さんは私みたいな男より君のような純粋な子のほうがタイプなのかもしれないなぁ。頼政はどう思う？」

「知らんよ、そんなの……あ、そういえば夜鳥さん。果物とか花の汁を吸ったナイフなんて本当に実在するんですか？」

いい加減、この話題から離れたい。そんな気持ちで頼政は夜鳥にそう尋ねた。

「ああ、桐子さんの言っていたものか。さすがにあまり聞いたことがないよ。フランスで作られたって聞いたけど、時代が時代だったら果物なんて貴重な頃だ。見世物で作ったって言うより金持ちの道楽目的だろうね」

夜鳥の言葉に頼政は苦々しい表情を浮かべた。

「うへぇ……そういうの聞くと少しロマン度が減ったような気がする」

「うちにも似たようなものはあるよ？　見る？」

「あんの⁉」

目を輝かせる頼政。しかし、彼は夜鳥の「似たようなもの」の意味をこの数秒後に知ることとなる。

「その昔、多くの兵の血を啜《すす》ったとされる呪いの妖刀が三本くらいあったと思うよ。戦国、室町、鎌倉。頼政はどの時代を選ぶ？」

「どれも嫌ですよ」

「多分、探せば平安もありそうなんだけど。その辺りならどう？」

「どの時代も嫌だって。しかも、扱い適当だなぁ！　もう少し厳重に扱ってくれや！」

夜鳥の記憶が正しければ、合計四本の妖刀がこの喫茶店のどこかにあるということである。店内には並んでいないようだが、夜鳥が個人的に持っているものでもあるのだろうか。

とんでもない事実の発覚に頼政は背筋を凍らせた。

「あぶねぇ……この店滅茶苦茶あぶねぇ……」

「別に本当に血を啜ってるわけではないよ。あくまで比喩表現」

「えっ、じゃあ偽物ってことですか？」

「そもそも、刃が人間の血を吸い取るなんて現実的に難しいことなんだよ。だって血で濡《ぬ》れた刃をそのままにしていたら錆《さ》びて使い物にならなくなるし」

「あ、そうですね……」

頼政は納得した。前に時代劇を見た時に、侍が人を斬ったあとに刀を紙のようなもので拭いているシーンがあったので、父に聞いたことがあったのだ。その時、父はあのままにしておくと刀が斬れなくなるのだと言っていた。

「……ただし、うちの妖刀はどうかな」

「うげっ」

「冗談だよ」

「冗談にしてもタチが悪いというか……」

妖刀なんて物騒なものが数本もあると分かったら、呑気《のんき》に仕事などしていられない。

頼政は安堵で胸を撫で下ろした。

まあ、結局のところ桐子の言うナイフの逸話の真偽は定かではないし、作られた目的を聞いて少しテンションが下がってしまったが、見てみたいという気持ちは残ったままだ。

「いつか桐子さんの家に行ったらどんなものだったか報告しますよ」

「私は連れていってくれないんだねぇ」

「桐子さんから許可が取れない限りは絶対にダメでしょ……」

どうしてこんなことで頭を悩まされなければならないのか。頼政は今もなお諦めていない店長に肩を落としながら、桐子たちのテーブルの片付けをしようとした。

「あ」

桐子が座っていた席の前に、青い花柄のハンカチが置かれたままになっていた。どうやら、取り出したあとにそのまま忘れてしまったようだ。

頼政は数秒考えてから、そのハンカチを夜鳥に見付からないように素早く自分の懐にしまい込もうと決めた。桐子の私物を絶対にあの店長に見付かってはならない。本能がそう警告したのである。

そして、夜鳥がこちらを見ていない時を見計らってハンカチをそっと掴んだ瞬間、目の前が真っ白に染まった。

能力が勝手に発動したようだった。頼政の意識がどこかへと飛ばされていく。

（ここ……は……？）

そこは近所にある公園だった。ペンキが所々剥《は》がれた遊具が寂しげに佇《たたず》んでいる。

頼政が座っていたのは滑り台の横にあるベンチだった。

春や夏だと小さな子供がやってきて遊具で遊んでいることが多いのだが、寒くなってくると騒がしかった公園は静かになる。そうして、雪が降れば真っ白な雪にすべてが覆い隠されてしまうのだ。

ベンチに座る頼政の傍らには小さなナイフが置かれていた。

木で作られた柄の部分は花のような模様で飾られており、刃は少しくすんだ灰色をしていた。

そのナイフには無数の蝶が群がっていた。

赤、青、黄、緑、橙《だいだい》、紫。

様々な色の蝶だったが、すべてに共通しているのはその翅《はね》が美しく透き通っていることだった。そして、微《かす》かに甘い香りを漂わせている。

蝶たちがナイフに止まって『何か』を吸っている光景を見ていた頼政だったが、ふと違和感を感じた。

（あれ……さっきは色んな色だったのに……）

蝶の翅の色がゆっくりと赤茶色に変色し始めたのだ。青い翅も、黄色い翅も皆美しいとは言えない色に染まる様子に頼政は息を呑《の》む。

咄嗟《とっさ》に彼らが止まっていたナイフへ視線を向ければ、その刃は濡れていた。

鉄の匂いのする赤い液体で。

「……!?」

映像はそこで途切れ、頼政の意識は店内へと戻されていた。

たった今まで見ていた光景について、頼政は立ち尽くしながら考えてみる。

あれは何だったのだろう。いつものサイコメトリーとは少々異なるような気がした。ナイフに止まる色とりどりの蝶たち。それは現実からかけ離れた光景だった。

そして、あの不気味な色に変色した翅と、血に染まったナイフ。

怖いとは感じなかったが、妙な感じがした。胸騒ぎと言うべきか。

†

数日後の早朝、リビングからは母の怒号が聞こえてきた。

父へ向けたもののようだが、父の声がまったく聞こえない。つまり、これは深山《みやま》家で時折起こる早朝イベント、説教タイムだ。

何事、と頼政が寝惚《ねぼ》け眼でリビングを覗いてみると、父が茶碗を持ってしょんぼりとしていた。

「おはよ。どうしたの、朝から」

「頼政、聞いてくれ。母さんが」

「頼政！　あなたはこの人みたいにならないでね！」

今回の母の怒りは大噴火レベルだ。息子へ助けを求めることすら許していない。それに加えて文句も言えず、さらに縮こまる父。

深刻な事態を察知して頼政にも緊張が走る。

「か、母さん？　父さんは一体何をやらかしたの？　浮気？　ギャンブルで我が家の貯金全部溶かした？」

思いつく限りの所業を口にするも、父から「それやったら母さんに殺されてる」と声が上がる。それらをやらかしていたら母だけでなく、頼政も怒り心頭だった。

だったら父の罪状は何なのだ。

頼政が首を傾げていると、母があるものをテーブルに置いた。

ふりかけだった。

「……母さん、これ何」

「ふりかけよ」

「それは見たら分かるよ」

しかも、この前CMで紹介されていた新商品である。頼政の知らぬところで深山家に導入されていたようだ。

「お父さんがね、これからは朝ごはんのおかずはこれだけで十分だーって言うのよ！」

「わ、悪かった。でも、お前も食ってみろって。これすごく美味いから……」

「封開けた時に味見してるから分かってるわよ！　私が何で怒ってるかあなた分かってないでしょう⁉」

どうやら父の弁解は火に油を注いだようだ。

さらに怒りのボルテージを上げた母に父は怯《おび》えているが、頼政は平然としていた。

彼女の逆鱗《げきりん》が何か見当が付いたからだ。

パニックになってそれが気付けないらしい父に助け船を出すべく、頼政は口を開いた。

「父さん、テーブルの上見てみな」

「……？」

「ご飯、味噌汁、ほうれん草のおひたし、昨日の夕飯の残りの魚の煮付け。これ用意したの全部母さんだよ？」

食事の時間になるとテーブルに料理が置いてある。それは普通のことだが、魔法か何かで一瞬でできるわけではない。食事は誰かが作って食器に盛り付けて用意してくれなければ食べられないのだ。

味噌汁とおひたしは母が朝早くに起きて作ってくれたのだ。

白米もできたてのほうが美味しいと、昨日の夕飯の残りではなくちゃんと新しく炊いている。

魚の煮付けだって臭みが残らないようにしっかりと下ごしらえをしてくれた。なのに、父からふりかけだけでいい、と言われてしまえば怒るのは当然である。ふりかけの美味しさを知ってしまった父の気持ちも分からなくもないが、食事の直前にその発言は禁句以外の何物でもない。

父も頼政が伝えたいことが分かったようで、慌てて母に頭を下げた。

「すまん、悪かった。お前が一生懸命用意してくれたのに、酷《ひど》いことを言ってしまったな……」

「ううん、私こそ朝から大声上げてごめんね。ちょっと嫌なニュース観ちゃってカリカリしてたの」

「おっ、あれか」

深山夫婦は原因さえしっかりと互いが把握していれば仲直りは早い。いつもの様子に戻って別の話題に入っていた。

「母さん、ニュースって何？」

「県内ニュースで朝やってたんだけど……」

「頼政、新聞にも載ってるぞ。ほら、ここ見てみろ」

父が新聞を広げて、ある記事を指差す。昨日の夕方、空き巣事件があったらしい。言い方は悪いが、空き巣はさして珍しくもない。

しかし、頼政は被害者の名前を見て驚愕《きょうがく》した。

「ふゆ……冬海？」

「ん？　知ってる人？」

「多分、うちの店によくきてくれる人だと思う。この街で起きたっぽいし……」

「そうなのよ。犯人もまだ見付かってないみたいだし怖いわ」

自分たちが住む街での出来事というだけではなく、もしかしたら被害に遭ったのは常連の家かもしれない。

それが頼政の心を大きく揺るがせた。

†

頼政はもやもやしたものを心に抱え込みながら帰り道を歩いていた。

昼休み中、事件について話す生徒たちの会話を聞いてしまったのだが、冬海家の近所に住んでいる生徒の家に警察が聞き込みに来たそうだ。

つまり、まだ犯人が捕まっていないということだろう。

桐子たちの家に遊びに行けるかもしれないと楽しみにしていた数日前が懐かしい。

あの時はまだこんなことになるとは思ってもいなかった。

（冬海ってあんまり聞かない苗字だしな……絶対桐子さんの家だよなぁ）

よく見知った客が被害に遭った。それは頼政によってはとても見すごせることではなかった。

あんなに優しそうな老婦人が悲しむ顔を想像してしまい、それが頭からこびりついて離れない。だからだろう。頼政が向かった先は自分の家ではなく、『冬海』の表札が出ている家だった。

事件について話していた生徒の一人から家を聞き出したのである。怪訝《けげん》そうな顔をされたが、なりふり構っていられなかった。

「よし、行くぞ。行くぞ、頼政……」

インターホンを押そうとする指が寒くもないのにやけに震える。ただ、会って顔を見て、話をして、どうにかして……どうにかして……。

緊張を何とか和らげようと深呼吸をする。

インターホンの目の前で痙攣《けいれん》する手を後ろから伸びた白い手に掴まれた瞬間、頼政の口からは吐き出すはずだった息ではなく、悲鳴が上がった。

「ギャアアアア！」

「ああ、まったく。君はまた手袋をつけていない。手が冷たくなってしまっているじゃないか」

「びっくりさせないでくださいよ……あんたはもう……」

いつの間にか背後に立っていた夜鳥は、頼政の指やら手の甲を揉《も》み解《ほぐ》しながら残念そうにぼやいている。さすがに今回は心臓が止まりそうだったと頼政は顔をしかめる。

しかし、夜鳥が思ったよりも冷めた表情をしていたのに気付き、息を呑んだ。

「夜鳥さん、僕のこと怒ってます、よねぇ？　絶対……」

「怒ってはいないけど、少しばかり心配かなぁ。君のことだ、この家にくるとは思っていたよ。犯人に繋《つな》がる何かを読み取りに」

図星だった。頼政は掴まれた手を振り解《ほど》くこともせず、嘆息した。

そう、ここにきた一番の理由は桐子たちを慰めるためではない。自分の能力で犯人をどうにか探し出せないかと思い、そのために読み取るものを捜しにきたのだ。

それを実行できるか確信できないまま、それを成し遂げたとしてそこからどうすればいいかを考えきれないまま。

「やめなさい、頼政。これは君がすべきことではないんだよ。誰も君が無力なことに対して責めない。法を犯した者は法を守る人間たちが追い詰める。それは当たり前のことだろう？」

夜鳥は頼政の手をそっと解放すると、代わりに頼政の頭を数回撫《な》でた。

本当に昔と扱い方がまるで変わっていない。そのことに救いを感じるべきか、歯痒《はがゆ》さを覚えるべきか頼政は思案して、前者を取ることにした。

「夜鳥さん、僕が無謀なことしようとしたことについては何も言わないんですね」

「君みたいな子がテレビ番組やドラマのような真似事をするなんて、それなりに理由があるに決まっているからね。それでも、俺に一言相談してくれなかったのは残念だったなぁ」

　朗らかな口調と笑みからはその残念さはさほど伝わってはこないのだが。

「俺は君にとって所詮はその程度の存在だったってことかぁ……酷い子だ」

　夜鳥はどこか切なげに呟き、その発言に頼政は目を剥《む》いた。

「やめろやめろ。二人しかいない時ならともかく道端で誤解されかねない発言はやめろ！」

「ああ、ごめんね。これから二人きりの時しか言わないよ」

「だからその言い方をやめ……」

　その時だった。冬海家の玄関のドアが突然開いたのは。

「あら……？　頼政ちゃんに夜鳥さん？」

　ドアを開けたのは桐子だった。やはり強盗に遭ったのは桐子の家だったようだ。二人を呼ぶ声はどこか弱々しく、今にも泣きそうな顔をしていたが、すぐに微笑を浮かべてそれを隠した。

「仲がいいのねぇ、二人とも」

「はい。桐子さんも混ざりませんか？」

「夜鳥さん、マジで取り返しつかなくなるんで……で、えっと、桐子さん……」

さて、何を話せばいいだろう。いざ、対面すると言葉がやはり浮かばない。

一瞬しか見せなかったものの、桐子は悲壮感に苛《さいな》まれていた様子だった。助けてやりたいと思う。なのに、そうするためのきっかけの言葉を紡ぐことができなかった。

「桐子さん、ご自宅に泥棒が入ったと聞いたのですが、お怪我《けが》はありませんでしたか？」

そう尋ねたのは夜鳥だった。さすが、躊躇《ちゅうちょ》がない。

桐子もその質問を予想していたらしい。どこか疲れが混じったように笑い、口を開く。

「大丈夫よ。盗まれたのは私のコレクションだけで、家族も全員外出していたから泥棒さんと出会うこともなかったの。全然大したことないのよ」

「本当に？」

桐子がすぐに話を切り上げようとしていたのは頼政も分かった。だが、それを許さないとでも言うように夜鳥は続けて尋ねた。

威圧感があったわけではない。それでも、桐子は数秒置いてから「もっと、大変なことが起きて……」とか細い声で答えた。

「うちの犬がいなくなっちゃったの……」

「犬、ですか？」

予想もしていなかった単語の登場に頼政は一瞬呆《ほう》けてしまった。だが、犬のリードのようなものを握り締める桐子の手の震えに気付き、すぐに我に返る。

「散歩中にいなくなったんですか？」

「いいえ。さっきうちの庭から脱走して……あんなに大人しい子なのに、どうして……」

大事にしてきたのだろう。耐え切れず涙を流す桐子に、頼政は咄嗟に夜鳥を見た。好きにしなさい。そう言うように笑う彼に小さく頷《うなず》き、深呼吸してからリードに触れる。

人間以外の思念を読み取るのは初めてのことだ、それに手がかりが掴めるかも分からないが、やってみる価値はあるだろう。意識を集中させてみる。

脳裏に現れた写真に写っている桐子や郁、恐らくは郁の両親であろう男女。それと柴犬。逃げた犬はこれで間違いなさそうだ。

犬の思念の読み取りに成功したらしく、人間にしては随分と低い目線で道を歩いている光景が出てきた。隣を見上げるとリードを持った桐子が歩いている。

一人と一匹は公園に入って滑り台の側にあるベンチへと進んでいき、桐子がそこに座って休憩を始める。犬もその脇に寝そべったところで意識が現実のほうに引き戻された。

「どう？」

夜鳥の小声での問いに頼政は何も言わず首を縦に振る。

「頼政ちゃん？　どうしたの？」

リードに触れたまま動かなくなった頼政に桐子が不思議そうな顔で名前を呼ぶ。その声に反応した頼政はハッとした。

「あ、えーと……桐子さん、僕も探すの手伝います」

「でも、もうすぐで夜になってしまうわ」

「僕なら大丈夫ですよ！　ほら、夜鳥さんがいますし」

「はい、頼政には僕がいますから。ね？」

「それは……頼もしいわねぇ」

ストレートに頼りにしているような発言をしたせいか、夜鳥がやけに嬉しそうにしている。失言をしたと頼政は後悔したが、すでに遅い。ノリノリな様子で頼政の両肩を掴んでいる。

「あー……犬がいなくなったことはご家族には？」

「伝えているわ。私も今から探しに行こうとしていたんだけど……」

「桐子さんは家に残ってください。もし、その犬が自力で家に戻ってきた時に誰もいなかったら不安になると思いますよ」

そう言ったのは夜鳥だった。その意見に同意するように頼政は何度も頷く。

それにもうすぐで日が暮れる頃で冷え込んできた。高齢者の桐子を歩かせるのは気が引けた。

「……そうね。もしかしたらあの子、帰ってくるかもしれないものね」

「きっと、散歩しに行って帰り道が分からなくなっただけだと思いますよ。犬のこと、何か分かったら電話しますから。こっちは僕の携帯の番号」

財布の中に入れたままだったレシートに番号を書いて桐子に渡す。すると、桐子もゆっくりと家の固定電話の番号を教えてくれたので、頼政は携帯に番号を登録した。

これで互いに何かあったら連絡し合える。

「……ありがとう。あの子のこと、よろしくね」

涙を零《こぼ》しつつ礼を言う桐子に笑いかけて頼政は走り出そうとしたが、すぐに立ち止まった。

「あ、あの、すいません。ちなみに犬種は柴犬で合ってますよね……？」

「ええ。でも、私頼政ちゃんに犬のこと言ってたかしら？」

まずい。頼政は首を傾げる桐子に一瞬頭が真っ白になった。

「ああ、犬のことに関しては前に私に話していましたね。それを私がこの子に伝えていただけです」

「そうだったねぇ」

夜鳥が出した助け舟によって何とか救われた。頼政が「すみません」と眼差しで訴えると、黒づくめの青年は苦笑しながら人差し指を口の前に置く。

危うく、犬を見つけ出した時にどうして犬種が分かっていたのかと疑われるところだった。ちなみに桐子が犬の話をしているのを頼政は聞いたことがない。

夜鳥といる時はこの力のことを隠さず堂々と使っているのだが、たまにこういうことをやらかしてしまう。反省しなければならない。

「……頼政ちゃん！　やっぱり私も……！」

安堵して歩きだそうとした時だ。桐子がサンダルを履いて玄関から飛び出しかけたのは。

しかし、実際にそうすることはなかった。その直前で急に立ち止まり、その場に座り込んでしまったのである。

「ダメね……私……」

そう呟く桐子に頼政は慌てて駆け寄った。

「桐子さん？」

「あの子がいなくなってそれどころじゃないのに……ごめんなさい、私飼い主失格だわ……」

その懺悔《ざんげ》は何を意味しているのだろう。頼政は静かに涙を流す桐子を無言で見守ることしかできなかった。

†

(桐子さんは僕の力を知ったらどんな反応するんだろう。ただの冗談だって思ってくれるだろうか)

そう自分に問いかけながら夜鳥と夕暮れの住宅街を歩いて行く。

「頼政、君が即座に犬を探しに行くと言ったことは桐子さんにとって救いだったと思うよ」

「そりゃ、探す人間はたくさんいたほうがいいですからね」

「それもあるけれど、今彼女は恐らく外の世界に恐怖心を抱いている。愛犬がいなくなったとは言え、外に出られないんだろうねぇ」

淡々とした口調で語る夜鳥に、頼政が脳裏に蘇《よみがえ》らせたのは空き巣による被害は大したことはないと言っていた桐子の顔だった。

そして、外に出ようとして出られなかった桐子の姿を思い浮かべる。

そんなはずがない。そんなはずがないのだ。自分の家に見知らぬ人間が勝手に入って、ずっと大切にしていた物を勝手に奪われた。

誰がやったかも分からない。怖くて怖くて、どうしていいか分からないだろう。

「……どうして人間って皆優しくなれないのかな」

「おや、どうしたの。やけに哲学的なことを言うね」

「夜鳥さん、覚えてます？　昔、僕の近所で強盗殺人が起きたこと」

「さあ、覚えてないかな」

少しおどけたように言う夜鳥に頼政は小さく笑った。

「あの時、分からなくてしばらく悩み続けたんですよ。どうして他人を苦しめたり……殺してまで盗んだ金でお金持ちになりたいんだろうって」

事件の犯人は一年後に捕まった。

被害者とは何の面識もない。たまたま入ったのがその家で、たまたまその家に住む老婦人がいたので口封じで殺した。そんな粗末な理由だった。

「その答えは見付けられたのかい？」

「僕、心理学とかはてんでダメだって夜鳥さんだって知ってるじゃないですか。……

分からなかったし、理解したくないなって思いましたよ。だけど、代わりに被害者側はとても辛《つら》い気持ちなんだろうって思ったんです。顔も名前もそんなに詳しくないし、もしかしたらこの先生きてる間、その人たちに関わることなんて一切ないとしても、自分にできることはしてやりたいなと」

「そうか。ようやく分かったよ。君が桐子さんを心配してわざわざ家まで押しかけた理由が。……君はあの事件と今回の事件をダブらせてるんだね」

夜鳥の確信を得たような物言いに頼政は苦笑いを顔に貼り付けた。

「今回は顔見知りですからね。そりゃ、何とかしてやりたい気持ちも有り余ってるというか」

「というわけでわんわん探しか。うん、空き巣とか何も関係ないけど、桐子さんの役には立つだろうね。私も来てよかった。君と桐子さんのどちらも私への好感度が上がる」

「あんた、それ本人に言っていいんですか……」

「いいんだよ。君への隠し事なんてさほどない」

そんな会話をしながら辿《たど》り着いたのは先ほど読み取った思念の中に出てきた公園だった。リードに思念が染み付く程度には犬はこの場所のことを強く覚えている。

だったら、もしかするとここに立ち寄っているかもしれなかった。

「うーん、だからと言ってここにいるとは限らないんだけど。頼政は少し単純なところがあるなぁ」

夜鳥の言う通りなのだが、あてもなく探し回るより先にまずは立ち寄りそうなところを当たっていく。それが頼政の作戦だった。

それにしても夜の公園というのは不気味さがある。外灯の下に真っ白な服をきた髪の長い女性が立っていたらどうしようと、想像して足の動きが鈍くなる。しかも、その女が顔にマスクを着けていて、「私、綺麗《きれい》?」と聞きながらマスクを外してきたら。

「夜鳥さん、べっこう飴《あめ》持ってないですよね」

「持っていないなぁ。それに私はお世辞が言えないタイプだから、容赦なく不細工って言ってしまいそうだね」

いろいろと問題ありな発言が夜鳥の口から飛び出す。どうして一言も言っていないのに、分かったんだ。

頼政は本気でマスクを着けた女と遭遇しないことを祈りつつ、公園の中を歩き回る。夜鳥は一人ブランコに乗って遊び始めたので放置しておく。彼にはぜひとも口裂け女と運命的な出会いを果たしてほしい。

しかし、頼政はこの時気付いていなかった。彼にとっての脅威は口裂け女だけではないと。

ハァッ……ハァッ……。

どこからか聞こえる荒い息遣いに頼政の動きが止まる。明らかに人間のものではないその呼吸音は滑り台のほうから発せられたようだった。息を呑み、頼政がゆっくりと滑り台に近付いてみるとその横にあるベンチに何かがいた。

ここからでは薄暗くてよく見えないが、四足歩行の獣らしき生物も頼政に気付いたようで二つの眼光がじっとこちらを窺《うかが》っている。

両者が両者に気付き、警戒している。その状況に頼政の息も乱れ始める。

互いに睨《にら》み合うこと数秒。先に動き出したのは向こうだった。四足歩行で少しずつ頼政へ近付く。

「！」

くるならこい。かかってこい。そう意気込んで迎え撃つ体勢に入った頼政に、謎の獣がついに声を上げた。

「わんっ」

犬っぽい鳴き声だった。

「犬かよ」

犬っぽいというか犬である。つぶらな瞳に頼政を映しながら柴犬がとことこと歩いてくる。大人しい性格らしく、自分の横に座って尻尾を振っている犬に頼政は一つ学んだ。

　ブランコから降りてこっそり側までやってきていた夜鳥は口元を抑えて腰を丸めていた。その背中は微かに震えていた。

「笑いたきゃ笑えばいいでしょうが！」

「ふっ、ふふ……笑ってなんかないよ。そんな、ふ、くくく……」

「ちっくしょ！　滅茶苦茶怖かったんですよ、こっちは……」

　飼い主のいない犬と夜に出会うとすごく怖い、と。

　まさか、本当にここにいるとは思わなかったのもあるが、暗い中で見る犬は犬っぽく見えないのだ。安堵しながらしゃがみ込む。

「お前かな、桐子さんちの犬って」

　話しかけてみるも犬は無反応でずっと頼政を見ているだけだ。他に柴犬の脱走がなければこの犬で間違いなさそうだが。

　電話するか迷っていると、夜鳥が「あ」と何かに気付いたように声を漏らす。

「この子、首輪着けてるね」

「あ、ほんとだ……何て書いてあるか確かめてみますか」

　外灯の下まで行って確かめてみると、青い首輪にはマジックで書いた文字が書かれていた。

『冬海タロキチ』

冬海家に大感謝である。頼政はスマホを取り出して通話画面を開いた。

「でもさ、どうしてお前逃げちゃったんだよ」

桐子の言っていた通り、本当に物静かそうで脱走するような荒々しさはまったく感じられない。こんな犬が突然いなくなってしまったのだ。桐子が驚いたのも無理はないだろう。

頼政の疑問に答えることなく、犬は頼政の側でただじっとしているだけだった。


冬海家に電話すると、出たのは桐子ではない女だった。だが、頼政が犬の話を切り出すと、「あ、お母さんが言ってた頼政君って人ですか?」と尋ねられた。桐子はちゃんと家で待っていたようだ。

公園でリードで繋がれていない柴犬を見付けたこと、首輪に書かれていた名前を告げると大声を上げられてしまった。

『そ、そうです!　タロキチです!!　うちの子の名前タロキチなんです!!』

「じゃあ、やっぱりこの子がそうなんですね。よかった」

『本当に、本当にありがとうございます!　タロキチがいなくなっちゃってお母さんものすごく落ち込んでいたからどうしようって思ってたんです。こんなことで警察を呼んでいいかも分からなかったし……何てお礼したらいいか……」

「お礼なんていいですよ。僕が好きでしたことですし」

そう、見返りなんて求めていない。泣きそうな顔をしていた桐子の力になってあげたいと思ったから協力した。それだけのことだ。慌てている女を宥《なだ》めるように言う。

『はぁ～……あなたまだ若いのにすごくできた子ねぇ。うちの子なんていつまで経《た》ってもツンツンしてて……あっ、ちょっと⁉』

誰かが女性から受話器を奪い取ったのか、声が変わった。

『……お前、今どこにいるんだ？』

「えっ、郁君？」

『だから、どこにいるかって聞いてんだよ。答えろ』

向こうで『こらぁ、郁！　どこにいますか、でしょ！』と女が諫めているが効果はないらしい。郁にスルーされている。この慣れた感じ、きっと彼女は郁の母親なんだなぁ、と頼政は苦笑した。

「××公園です。そこでタロキチ君と一緒にいます」

『待ってろ。今迎えに行くから』

それを最後に通話が切れる音がした。とりあえず迎えに来るのは彼のようだ。夜鳥もそれを察したのか、小首を傾げながら「孫君が来るのかい？」と頼政に尋ねた。

「どうしましょう。僕たち、家知ってるのに……」

「お言葉に甘えていいんじゃないのかい？」

「夜鳥さんがそう言うなら……よし、それじゃあもう少しで郁君来るだろうから待ってような」

「くぅん」

「大丈夫だって。お前のこと、皆心配してたみたいだからさ」

どこか悲しげに鳴く犬の頭を撫でてやる。犬で可愛いと言えば、チワワやポメラニアンだと思っていたが、こうしてみると柴犬も愛嬌《あいきょう》があって愛らしい。

犬も初対面の人間に怯えず、ずっと頼政の側にいる。その様子を夜鳥はどこか微笑ましげに眺めている。

「可愛いねぇ」

「え？　あんた、犬好きでしたっけ？」

「好きだよ。とっても」

それは初耳だなと頼政が思っていると、タロキチが急に走りだした。

それも公園の出口に向かって一直線だ。

「あっ、タロキチお前どうしたの⁉」

「大変だねぇ、頼政。早く追いかけないと」

「他人事かよ！」

呑気に笑っている夜鳥を置いて頼政もそのあとを必死に追いかける。せっかく発見できたというのに水の泡になってしまう。

頼政の不安は杞憂《きゆう》だったようで、タロキチは公園を飛び出して街中を爆走することはなかった。

通行人の男に何度も吠えかかっているだけである。

あんなに大人しかったはずのタロキチの豹変《ひょうへん》ぶりに頼政の心拍数が上がる。こんなところ、郁に見られたら大変だ。

コンビニ帰りだったらしい通行人の男はビニール袋を提げて、タロキチの吠えっぷりに驚いて立ち尽くしているようだった。

「なっ、何だ？　この犬……」

「すいませんすいません！　さっきまで本当に静かでいい子だったんですけど……タロキチほら、戻ろう。な？」

頼政が制止するように言ってもタロキチは牙を剥き出しで男に吠《ほ》え続けている。まるで親の仇《かたき》を見付けたが如《ごと》き変わりようだ。

その姿に頼政はある推測に辿り着こうとしていた。いや、考えすぎだろう。いくら何でも……。

「こいつ、あの家の……？」

男の口から漏れた呟きが耳に届いた瞬間、頼政は男の手を反射的に掴み上げていた。その際、男が填《は》めていた腕時計に頼政の指が触れた。

瞬間、脳裏に思念が流れ込んでくる。

どこかの家の室内を歩き回っている光景。それだけではない。部屋にあった古びた根付や懐中時計を黒いずだ袋に放り込んでいた。

「……ちょっと離してくださいよ！」

映像はそこで途切れた。男が頼政の手を強引に振り払ったからである。

ただ、頼政は反応できず困ってしまう。

今のは、もしかして……。

先ほど生まれた不安がじわじわと押し寄せてくる。

振り払われた手を見下ろし、気を取り戻した頼政は口を開こうとする。

「あ、あの……」

「ったく、何なんだよ……」

頼政が呼び止めようとするも、男はその場から逃げるように走りだしてしまった。ずっと握っていたビニール袋すら投げ捨てて。

その後ろ姿を見送るしかできなかった頼政は、男が見えなくなると、ようやく公園から出てきた夜鳥に縋《すが》るような視線を向けた。

「や、夜鳥さん。僕、今……」

「あ、来たよ。お迎えが」

夜鳥が指差した先を頼政は目で追いかける。一人の少年がこちらへ向かって駆け寄っていた。

「……郁君」

「悪い、遅れた。タロキチ……と、何でお前までいるんだよ⁉」

郁は真っ先に駆け寄ったものの、すぐに夜鳥を見て顔をしかめた。そういえば、電話をした時に夜鳥も一緒だったことを伝えていなかったなと頼政はハッとする。

「ごめんねぇ、お邪魔だったかな？」

その夜鳥はと言えば、これっぽっちも気にしていないようだったが。

†

あの男のことが忘れられない。確証があるわけではなかったが、どうにも気になっていた。

彼が犯人だと決めつけるのはまだ早いかもしれない。それを確かめる術《すべ》が自分にないことを自覚し、頼政は苦い気持ちを抱え続けていた。

が、そんな気分は一瞬にして吹き飛ばされることとなる。

「夜鳥さん……と頼政君、いらっしゃい！　何もないいんだけれど……これよかったらどうぞ。食べてちょうだい」

冬海家に到着後、頼政と夜鳥は半ば無理矢理家の中に引きずり込まれた。夜鳥の顔を一目見て心を鷲掴《わしづか》みにされた郁の母親によって。

そして、二人に差し出されたのはホールケーキだった。

「えっ……ホールケー……？」

「気にしないでうちにたまたまあったものだから！」

「いやいやいやいやいや!!」

普通の家庭にホールケーキはたまたまあったりしない。頼政たちを家の中に入れたあと、慌ててどこかに出かけたので何事かと思ったが、ケーキを買いに行ったのだろう。

「わぁ、頼政。ケーキだよ、美味しそうだねぇ」

幸せそうにケーキを見ている夜鳥のために。

恋とはどうしてこうも人を狂わせてしまうのか。生クリームの白と苺《いちご》の赤が眩《まぶ》しい。

呆然《ぼうぜん》とする頼政に、隣に座った郁が小声で呟く。

「何か、悪い……本当に何から何まで……」

「郁、あんたはちょっと黙ってなさい。ささっ、どうぞどうぞ！」

「ありがとうございます。ホールケーキなんてクリスマスと頼政の誕生日の時ぐらいしか食べないから嬉しいなぁ」

食べる気満々の夜鳥に頼政は戦慄する。

「夜鳥さん、ちょっとは遠慮しろよ」

「いいのよ、あなたたちは我が家の恩人なんだから！」

郁の母親は真っ二つにしたホールケーキを頼政と夜鳥の皿にそれぞれ乗せた。その豪快ぶりに郁の目から生気が消える。

彼の心中を察して頼政は何だか悲しくなった。

「たーんと召し上がれ！　うふふ、こんなにかっこいい店長さんがいるお店なら私も行ってみようかしら……」

「やめろ！　来んな、ババア！」

郁の声はどこか必死さを滲ませていた。

「……あ、あの、すみません！　ちょっといいですか？」

「あ、ごめんなさい、頼政君。そうよね、飲み物がないと辛いわよねぇ」

「そうじゃなくて、桐子さんは……？」

頼政たちが家に着いた時、郁の母親とともに桐子も出迎えてくれた。

しかし、すぐにその姿が消えたことを頼政は不思議に思っていた。

「……お母さんなら疲れちゃったみたいで今は寝てるわ」

疲れている。きっと肉体的にも精神的にもだろう。

「私はお母さんのコレクションはあんまり興味なかったけど……犯人には早く捕まってほしいわねぇ。そうしたら、お母さんも安心して外に出られるようになるかもしれないし」

郁の母親はそう呟きながらリビングから立ち去った。残されたのは男三人と、ホールケーキである。

「あのー……郁君、これ本当に食べていいの？」

「食えよ。ここまできたらそれしかねーだろ。食べないとなくならない……」

「そんな悲しそうに言うんじゃないよ……」

しんみりした雰囲気の中、フォークで切り分けてケーキを口に運ぶ。

生クリームの優しい甘さと苺の甘酸っぱさ。ふわふわと柔らかいスポンジ。シンプルなショートケーキだが、シンプルゆえの美味しさに頼政は頬を綻《ほころ》ばせた。ケーキと言うと様々な種類が増えてきたし、頼政も凝ったものを作ることが多い。それでも原いた。

点はやはりここだ。

ショートケーキの味を堪能《たんのう》する頼政だったが、その隣で夜鳥は難しそうな顔をしていた。

「どうしたんですか、夜鳥さん」

「美味いけど、生クリームが甘すぎる」

「うーん、言われてみればそうかもしれないけど」

「やっぱり君のケーキのほうがいいかな。うん、明日作って」

ホールの二分の一を半分以上平らげてからそれを言うか。文句を言いながらもいまだ食べ続ける夜鳥を見ているだけで胃もたれを起こしてしまいそうである。頼政は思わずフォークを皿の上に置いてしまった。

と、郁がそのフォークを掴むと頼政の分のケーキを切り分けて自分の口へ運んだ。

「……確かにお前のやつのほうがいいな」

「そんなに持ち上げるもんじゃないって。あんまり味変わらないと思う」

「あのなぁ、もっと味わってみれば分か……」

郁がため息をつきながら切り分けたケーキを頼政の口へ運ぼうとする。

しかし、それよりも先に夜鳥が頼政の口に苺を突っ込んでいた。

「苺は美味しいよ、頼政」

「…………」

「あと、お孫君。君とは意見が合うなぁ」

「ふっざけんな！　お前みたいな胡散臭《うさんくさ》い奴と意見合ってたまるか!!」

郁の気持ちはよく分かる。頼政は苺を咀嚼《そしゃく》しながらそう思った。

ただ、このままこの空気を放っておくわけにもいかないだろう。微妙に居たたまれないし、気になることもある。

「あのさ、僕ずっと気になってることあるんだけど」

「何だよ？」

「タロキチ君だよ。どうして、あんなに大人しい子が逃げ出したのかなって……」

「……探しに行ったのかもな」

郁は小さくため息をついて自らの憶測を語り始めた。

「探しに？」

「うちに空き巣が入られたってさっき話しただろ？　そん時、うちにはあいつだけはいたんだよ。だから、犯人が入った瞬間も知ってるはずなんだ。で、自分の知らない奴がばあちゃんが大切にしていたモン全部盗んで行って、ばあちゃんがそれでずっと泣いてて……もしかしたら、盗んだ犯人を探しに行ったんじゃねぇかな。あいつ、ばあちゃんに一番懐いてるから」

郁の話を聞きながら頼政は自身の手を見下ろした。

先ほどの光景を思い出す。タロキチは公園を突然飛び出すと、一人の男に吠えかかった。

そして、頼政が読み取ってしまったあの思念。

自分の心臓の音がうるさい。吐き気がする。手にじんわりと汗が浮かぶ。あの男がこの家に忍び込んでいたかもしれない。桐子の大切にしていた物を盗むために。

「……深山？」

「ごめん、大丈夫。……ちょっと疲れただけだよ」

「まあ、泥棒が入った家になんていつまでもいたくないよな。親父も今すぐ引っ越すしかないとか言ってたし」

「引っ越すの？」

頼政が尋ねると、郁は鼻を鳴らしてから「まさか」と言い切った。

「ここは俺たちの家だぞ。何で泥棒に入られたからって引っ越すんだよ。意味分かんねぇ」

「へぇ、お孫君は随分と肝が据わっているようだねぇ」

夜鳥が感心半分、揶揄《からか》い半分で拍手をしながら言う。

「ばあちゃんはビビって外に出れなくなった。しかも、タロキチを探しに行けなくて、自分のことを滅茶苦茶責めてたよ」

「桐子さん……やっぱり苦しんでいたんだ。僕たちの前では頑張って隠そうとしてたけど」

「俺はばあちゃんの宝物盗んだだけじゃなくて、ここまで怯えさせてる奴を絶対に許さない。引っ越したら今も捕まっていない犯罪者に負けたようなもんだろ？」

郁からは一切の恐れも感じられなかった。凛《りん》とした声からは彼のまっすぐな思いがただひたすら伝わってくる。

卑劣な犯罪者を許すわけにはいかない。そんな郁の決意は頼政には眩しいものだった。

「……郁君、かっこいい」

「お前に褒められるために言ったわけじゃねーよ。でもな、お前が来てくれたおかげでタロキチも早く見付かったと思う。それは礼言っておくよ。……ありがとう」

「いいよ。僕、桐子さんが大好きだからさ、力になりたかったんだって」

「ふーん……」

「ふーんって何その反応……」

どこか苦々しい表情を浮かべる郁に、頼政は嫌な予感を覚《おぼ》えた。

心当たりはある。夜鳥と同じ類《たぐい》だと思われている可能性である。

「僕、夜鳥さんと違って桐子さんは普通に人生の先輩として好きだからね。本当に誓約書書いてもいいから!!」

「あはは、頼政はまだ恋がどんなものか知らないものねぇ」

「ん……？　うわっ、お前マジでばあちゃんに惚《ほ》れてんのかよ？」

今まで単なる冗談だと思っていたらしい。頼政との会話を聞いた郁はゴミを見るような目で夜鳥を見た。

「え、気付いてなかったの、郁君……」

「気付かねーわ！　というか、お前も店長止めろよ！」

「散々説得を試みた結果がこれだよ。この人を止めるなんて世界平和を成し遂げるよりも難しいって」

そこまでの要注意人物に目を付けられてしまったのである。頼政は頼政なりに頑張っているつもりだった。

それに惚れていると言っても、夜鳥には超えられない壁が存在していることを頼政は知っていた。

「大丈夫だよ。夜鳥さん、旦那さんがいるなら強引な手には出られないって言ってたし」

「うんうん。手が出せないね。私だってそのくらいは理解しているよ」

「は？　じいちゃんならもう死んでるぞ」

夜鳥の言葉を遮るように郁が告げる。その事実は初耳だ。

その場の空気が急変する。

「え、え……そうだったんだ。夜鳥さんは知ってた？」

「知っていたよ。以前、桐子さんに言われてしまってね」

「三年前にぽっくり。……お前だけ知らなかったのかよ？」

「うん……」

「でも、うちのばあちゃんは今でもじいちゃんだけだからな。だから、そこの黒くて怪しい物体には興味ねぇって」

自身満々に告げる郁。しかし、頼政は新たな事実を知り、夜鳥に感心に近い感情を抱いた。

あそこまで執着しているくせに、よく相手が未亡人と知ってさらに暴走しなかったものだ。死んだ夫など忘れてしまえと甘くかどわしそうなものだが。

それなりに失礼なことを考えていた頼政の心のうちを読んだのか、夜鳥は笑いながら言った。

「すでにこの世にいない人間がライバルなんてそんなの勝てっこないじゃないか」

「そう思ってるならきっぱりと諦めてくださいよ……そういうこと考えれらるのにど

うしてまた……」

「こういうことは困難があったほうが燃え上がるんだよ」

「もうやだ、この店長！　もうぜってーばあちゃん連れて行かないからな‼」

「郁君、それはスゲー困る！」

常連客の店離れの危機である。どうにかして回避できないものかと頼政が慌てふためいている時だ。郁の母親がスマートフォン片手にリビングに入ってきた。

「郁！　大変よ、早くお母さんのこと呼んできて！」

「はぁ？　どうし……」

「今警察から電話があって、犯人が誰か分かったんだって‼」

その知らせに頼政と郁は瞠目《どうもく》する。夜鳥は美味しそうにケーキの苺を食べていた。

「犯人は？　捕まったのか⁉」

「それが……」

息子の問いに郁の母親は表情を曇らせた。


あのあと、頼政は夜鳥を連れて冬海家から退散することにした。事件のことは気になったが、第三者の自分たちがいても邪魔だろうと思ったのである。

　そして、落ち着いた頃に郁に電話して聞いてみようと考えていると、二日後、ニュースで続報が発表されていた。

　それによると、冬海家でケーキを食べる一時間ほど前に、隣町のアパートで犯人とされる男と大量の根付や時計が発見されたらしい。

　だが、その犯人は刃物のようなもので体をメッタ刺しにされて絶命していた。詳しいことは調べてみなければ分からないが、死因は恐らく失血死。

　目撃証言から犯人は二人いたとされていたが、アパートの一室で死んでいた男は一人だけ。共犯の人物に殺された可能性が高いという。死体が発見される前日、激しい口論があったと隣室の住民が証言しているのだ。

　……男を殺した凶器はアパートには残されておらず、冬海家から盗まれた骨董品は部屋に残されたままだった。彼女が一番大事にしていたナイフを除いては。

　恐らくはそのナイフが仲間を刺殺した凶器であり、もう一人の犯人は今も逃走中である。

「……僕、もしかしたら犯人に出会っているかもしれないんです」

　仕事が終わったあと、事件の記事が掲載されている新聞に目を通しながら頼政は静かに告げた。

「それは殺したほうかい？　殺されたほうかい？」

「さあ……ただ、あの時僕が何かをしていたら、犯人同士で揉め合いにならずに済んだのかもしれないって思うと、ちょっとやり切れないなって……」

頼政はそう言って新聞を畳んだ。

《仲間割れか。空き巣からの殺人事件へ。》

そんなタイトルの記事が一面のトップを飾っていた。地元でしか報じられなかった小さな事件が今や全国ニュースである。

それが頼政には嫌で仕方なかった。まるで皆、殺人事件が起きたことを楽しんでいるように感じる。そんな最悪な錯覚を起こしてしまいそうになった。

「でも、仮に君が犯人に出会ったとして、その犯人に君は危害を加えられていたかもしれない。そう考えれば、これで正しいと思うけど」

「……一応、人死んでるんですけどね」

「君や桐子さんたちが手を出されるよりはずっといい」

「でも、殺したほうはまだ捕まってないんですよ？　それ、結構ヤバいことなんじゃ……」

単なる空き巣犯が人殺しとなって、今もどこかにいる。その事実は多くの人々に恐怖を振り撒《ま》いている。

「頼政、君は桐子さんが心配？」

「当たり前じゃないですか、そんなの」

「だったら、変な考えは起こさないように。君にもしものことがあったら、桐子さんは今よりもっと辛い思いをする。事件を捜査するのは警察の仕事だからね」

「分かってます。分かってますから……」

様々な思いが頼政の心中を駆け巡る中、夜鳥は新聞を一瞥《いちべつ》してから目を伏せた。

「それに、人殺しに成り果てた咎人《とがびと》は自身の命すら刈り取る死神の鎌を握り締めていることすら気付いていないようだ」

「死神の……鎌？」

「可哀想に。もう戻ることはできないんだ。咎人は相応の罰を受け、可憐な妖精たちは自らが穢《けが》れていくのを止められない」

夜鳥が何を言おうとしているのか、頼政にはまったく理解できなかった。時々あることだ。頼政は店の片付けに入ることにする。

残りの犯人が自首してくれることを密かに願いながら。

†

どうして、こんなことになってしまったのか。自分たちの事件が新聞の一面を飾ることになり、男は歯軋《はぎし》りをした。

あの時、ギャンブルでギリギリまで金を突っ込まなければ。馬鹿な相方が骨董品は売り飛ばせば金になると言いださなければ。その話を聞いた直後に老婦人が骨董品集めが趣味であると友人たちに話しているのを見かけていなかったら。こんなことにはならなかったのだ。

いや、一番の問題は相方が実際に目当ての物を手に入れたあとだろう。

相方は今すぐに売ったら足が付くかもしれないと怖じ気付いた。それにすべての骨董品が高く売れるとは限らないと言いだしたのである。

話が違う。金にならないなら何のために空き巣なんて。

いつ警察に捕まるか分からない恐怖と相方の口車に乗せられたことへの怒りで頭がいっぱいになった。

奴が新聞を買いに行くとアパートから出て行ったので、一人になれば冷静になれるだろうと思っていたがそんなことはなかった。怒りは際限なしに膨れ上がる一方だった。

そして、相方が帰ってきたあと、気が付いた時にはあの男は血まみれになって死んでいた。

自分は盗んだナイフを握り締め、死体を見下ろしていた。

（くそっ……ここまできて捕まれるかよ）

空き巣だけで捕まるのならまだいい。

だが、今の自分はそれに加えて一人の人間を殺している。ここまできたら何が何でも捕まるわけにはいかなかった。

相方を殺したことへの罪悪感などない。あるのは自分をここまで追い詰めさせた彼への怒りだけだ。殺す直前、相方は何かを必死に伝えようとしていた。だが、それを素直に聞く気になれなかった。どうせ、新しい金儲けの方法を思い付いただの、そんなことだったに違いない。

アパートで相方を殺したあと、男はすぐにカプセルホテルに逃げ込んで息を潜めていた。下手に動けば足が付くと考えてのことだったが、そろそろ動き出したほうがいいだろう。

どこでもいい。遠くに逃げなければならない。

捕まらないためにはまず逃走するための資金が必要だ。それを手に入れるには、今は『これ』が一番手っ取り早い。ポケットの中に隠してあるナイフの柄を握り、笑みを浮かべる。どうせ、自分はすでに人殺しなのだ。一人も二人も変わらない。

自嘲気味に笑い、前を歩いている女性を尾行する。

そして、人気のない場所まできたところで背後から女性の口を手で覆い、その体にナイフを突き立てた。

「んぐ……っ⁉」

女性の体が大きく震え、両目が限界まで見開かれる。

その光景に男は一瞬恐ろしくなったが、引き下がるわけにはいかない。

何度も体に刃を埋め込んでは引き抜き、それを何度も繰り返す。頼むから死んでくれと願いながら。

「や、やった……か……？」

やがて、動かなくなり脱力した女性から離れると、血に染まったその体は地面に倒れ込んだ。

生気を失った虚《うつ》ろな瞳に見上げられ、男は思わず目を逸《そ》らした。

一人も二人も変わらないなんて大嘘《おおうそ》だ。相方の時は殺す瞬間をよく覚えていなかったから、実感できていなかった。

だが、こうして意識をはっきりさせたまま人を殺して男は、あまりの恐怖に泣きだしそうになった。

「すみません……すみません……」

謝ったところで死者は蘇らない。それでも、男は謝罪しながら女性の顔をもう一度見た。

その時、女性の死体が男を見ながら笑みを浮かべていた。

「面白いね、君は。こんなにも私の予想通りに動くなんて」

どこか優しい男の声に合わせて女の口が動く。

「ヒッ、ヒィィィィッ⁉」

数秒前とは違う女性の顔を見て、男は悲鳴を上げながら座り込んだ。

カラン、と手にしていたナイフを地面に落としてしまう。

何で。どうして。混乱していると、視界の隅に何かがちらついた。

それは蝶だった。

ルビーのように、サファイアのように、トパーズのように美しい翅を持った蝶たちが現れ、男はその幻想的な光景に恐怖を忘れて見惚《みと》れた。

蝶たちは女性の血で濡れたナイフに止まると、その血を吸い始めたようだった。

蝶の翅が次第に赤茶色に変わっていく。

「君の居場所を捜すのは案外簡単だったかな。そのナイフから漂う匂いを辿れば済む。まるで蝶になった気分だ」

宝石色だった翅が血の色に変貌する過程を男が呆然と見詰めていると、誰かの笑う声がした。

腹や胸から夥《おびただ》しい量の血を溢《こぼ》しながら死んだはずの女性が佇み、男を見下ろしていた。

「うわぁぁぁぁぁ!!」

男は蝶に構わずナイフを拾うと、女性の腹に突き刺した。だが、女性は苦しむことは一切なく、男を嘲笑うだけだ。

「……果物の汁や花の蜜、そんなものばかりを吸って生きていた蝶がある日、餌場に行くと今まで味わったことのない液体があった」

女性の口から発せられる誰かの声。女性からナイフを引き抜き、固く握り締める。

その声に呼応するように緋色《ひいろ》の蝶たちが大きく羽ばたき、ナイフに、そして男の全身に纏《まと》わりつく。

「や、やめろっ、くるな！　この……」

「人間の血という新しい味に出会ってしまった彼らは果物や花の味を忘れて、そればかりを追い求めるようになる。さぁ、人殺し。君に質問をしよう」

血まみれの女性から黒服の美青年へと姿を変えていく『彼』は顔面蒼白《がんめんそうはく》の男に問いかけた。

「現在、このナイフの持ち主である君の中に血が大量に流れていると蝶たちが知ったとしたら……彼らはどうすると思う？」

「…………！」

男はその問いかけに答えることなく、『彼』からナイフを引き抜いた。そして、その場に乱暴に投げ捨てると走り去っていった。捕食者から逃れたい一心で。

その情けない後ろ姿を眺めつつ、夜鳥は口に咥《くわ》えていた煙草《たばこ》を指に挟み、煙を吐いた。

「……手遅れだよ。地の果てまで逃げようとも君の末路は一つしかないんだ」

男が投げ捨てたナイフにはもう一滴の血も付着していなかった。

†

空き巣犯の片割れが死体で発見された翌日、隣町でもう一人の犯人とみられる男が死体となった姿で見付かった。

だが、男の死体は奇妙だった。死因は失血性ショックによるものだったが、外傷が一切見当たらなかったのである。どこから体内の血液が出ていったのか、謎に包まれていた。

さらにもう一つ。件《くだん》のナイフがいまだに見付かっていないのである。

「……何か残念ですね。解決したのに、解決していないというか」

頼政はため息をついた。

よりにもよって桐子が一番大切にしていたものが殺人に使われ、それがいまだに行方不明。犯人はふたりとも変死を遂げ、後味の悪い結末となってしまった。

頼政が運んできたケーキを受け取りながら桐子は微笑んだ。

一連のことがあってから、しばらくして桐子は店を訪れた。ずっと心配していた頼政だったが、いつもと変わらない彼女の笑顔に安堵するのだった。

「犯人があんなことになってしまったのは残念なことだけど……家族は誰も怪我一つなかったのは不幸中の幸いだったわ。……きっと、あのナイフが皆の身代わりになってくれたんじゃないかしら。ねぇ、郁」

「さーな」

スマートフォンをポケットに突っ込んでフォークを持った郁は、相変わらず面倒そうに言った。素直じゃないなぁ、と頼政は苦笑する。

態度に出さないだけで、事件が解決してこうして桐子も怯える心配もなく、外出できるようになった。ただの空き巣事件のはずが死者を二名出す結果となったが、祖母が元気を取り戻した。それは郁にとって何よりも嬉しいことだったはずだ。

「深山、何笑ってんだよ」

「嬉しいんだよ。僕もとっても」

「……何のことだか」

「ふふ、前よりもっと仲良くなったのね。郁も最近は自分から店に行くって言うようになったのよ。今日は嬉しいことがいっぱい。なくしてたと思っていたハンカチもあったことだし」

来店直後に渡された花柄の青いハンカチを大事そうに撫でながら桐子はしみじみとした口調で言った。

祖母の言葉に何故か郁は頼政を睨み付けた。

照れているんだろうな、と思いつつ頼政は身を縮めた。

「すみませーん、ケーキのおかわりお願いしたいんですけどー」

「はーい」

ケーキの追加注文を天の助けだと思い、頼政が桐子たちのテーブルから離れる。

すると、入れ替わる形で黒服の男がやってきたので郁は顔をしかめた。

「こんにちは、桐子さん。それとお孫君」

「こんにちは、夜鳥さん。今日も男前ねぇ」

「あなたこそ、今日も変わらずお美しいですよ」

「ありがとう。あら、また新しい子がきたのね。これはブローチかしら……」

桐子は新しく店内に置かれた品物を発見したようで、席から立ち上がってショーケースを見に行ってしまった。

その様子を微笑ましく眺めていた夜鳥に郁は冷たい視線を送った。

「……お前、本当にばあちゃんのこと好きなんだな」

「桐子さんは私のアイドルだからね」

「はー……お前見た目と引き換えに大事なもんどっかにやっちまったんじゃねぇのか……」

郁は心の底から哀れむように呟くと、何かを思い出したように目を見開いた。

「……店長、一つ聞かせろ」

「何でもどうぞ」

「深山が俺の家にきた時、あいつ何か隠してなかったか？」

「そんなことはないと思うけど。まさか、君は頼政が犯人じゃないかって疑っていたのかな」

「違う。あいつはそんなことをする奴じゃない。ただ、そうじゃなくて何だろうな。あいつ、俺に何か言いたいことあったんじゃないかって思うんだ……」

「そう」

郁の追及に夜鳥は表情一つ変えずに笑うばかりだ。そんなこと聞かれても何もまずいことはないと言わんばかりに。

「でも、結局頼政は君にそれを告げることはしなかった。それで話はおしまいだ。忘れてしまいなさい」

「お前になら深山は打ち明けたってことか？」

「それはどうだろう」

妖艶に笑う夜鳥に郁は眉をひそめる。

祖母が案外、ここの店長を気に入っている。それにあのお人好しでどこか危うく脆《もろ》そうで放っておけない店員もいる。だから、これからも郁はこの喫茶店に通うつもりだ。

それでも、郁はいつも掴みどころのない黒服の青年が気に入らなかった。店の女性客は彼の美貌に釘付《くぎづ》けになっているようだが、郁の中に根付いた敵対心を拭い去ることはどうしてもできなかった。

同じ男として嫉妬しているのではない。

桐子に付き纏っているからではない。

頼政に対して祖母以上の執着が垣間見えるからではない。

「……この化け物が」

何となく、この青年と対峙《たいじ》している時、「今、自分の目の前にいるのは何だ？」と感じてしまうことがあった。

桐子にも頼政にも言えない秘密だ。郁はそう確信していた。

そして、夜鳥は自身へ向けられた『化け物』の呼び名に、目を細めて次のように答えるのだ。

「褒め言葉として受け取ってあげるよ。ありがとう」

艶やかでありながら無垢《むく》な笑顔を見せられ、郁は一瞬戸惑ったものの、すぐに呆れと嫌悪を存分に込めた眼差しを夜鳥に向けた。

「……そりゃどうも」

化け物と言われて本気で喜ぶ物好きなどそうはいないだろう。が、この青年は物好きの部類に入るのかもしれない。郁はケーキを口へと運びながら、当分の間顔を見続けるであろう青年を軽く睨み付けた。

Yatori Natsuhiko's Antique cafe
Presented by Hari Garasumachi
Illust by Shizu Yamauchi

Episode.4

わたしの価値

どこからか蝉《せみ》の鳴き声が聞こえる。

公園のベンチに座りながら少年は周囲を見回した。

いつまでも鳴いてばかりで疲れないのだろうか。どこか辛《つら》そうにも聞こえるそれをずっと聴きながら夏特有のうだるような暑さに耐えていると、急に目の前に影ができた。誰かが後ろに立ったのである。

驚いて振り向けば、美しい顔立ちをした青年が穏やかに微笑《ほほえ》んでいた。

青年は少年の待ち人だった。ほっとして笑顔を向けると、青年の両手に二本のソフトクリームが握られているのが見えた。

「お待たせ。暑くない？」

少年の隣に座った青年はそう尋ねた。

この暑い日にもかかわらず、黒い服を纏《まと》い、黒のシルクハットをかぶる彼に少年はいつも驚いてしまう。が、陶磁のように白い肌は汗の一粒さえ浮かべてはいない。決して強がっているわけではなく、本当に暑くないらしい。

まるで彼だけが真冬の中に取り残されているような錯覚を少年は覚えた。

「ここにくる途中で買ったんだ。食べるかい？」

「うん」

受け取ったソフトクリームを早速舐《な》めると、ひんやりとした甘さに頬が緩んだ。暑い時に食べるアイスはやっぱり美味しい。

一生懸命食べていると、青年はどこか楽しそうに少年を眺めていた。自分の分のソフトクリームも放って。

「溶けちゃう。早く食べないと」

「ん？　ああ、忘れてた。俺の分はついでに買ってみただけだったから」

「ついででも食べないと。すごく美味しいよ」

「はいはい」

急《せ》かすと青年は舌を伸ばしてソフトクリームを一口舐めた。

すると、「美味しい」と小声で青年が呟いたのを聞いて、少年は「だから食べてみてよかったじゃないか」という気持ちになる。

二人で無言でソフトクリームを食べていると、青年が珍しく難しそうな顔をしていることに気付く。いつも、笑っていることのほうが多いのに。

「どうしたの？」

「悩みがあるんだ。どうしようかなって」

「悩み？」

「うん。ほら、今度店を開こうって言っただろう？」

聞き覚えがある。こっとうひん、という物を売ったり買い取る店をやると先日、言っていた。

「そういえば、名前、まだ決めてなかったなって。うん、店の名前自体はもう決めていたんだけどなぁ」

「……どうしてそっちを先に決めなかったの？　お店の名前より大事だと思うけど」

「だって、君にとやかく言われなかったから」

つまり、青年は『自分の名前』を決め忘れていたことを少年のせいにしたいらしい。

その先にある思惑を感じ取って少年が顔をしかめるも、青年は綺麗《きれい》な顔に笑みを貼り付けたままだ。

「ねえ、名前君がつけてくれる？」

「えぇ……絶対やだ……」

「何で？　名付け親になれるんだよ、その歳で」

「……僕、まだ小学生なのに名付け親なんてなりたくない」

「せっかくソフトクリーム買ってきてあげたのに」

その言い方は卑怯《ひきょう》だ。抗議のつもりで睨《にら》んでも、青年は美味しそうにソフトクリームを食べているだけである。

「大体、こういうのってあなたが決めるべきなんじゃないの？」

「君でいいんだよ」

「で、でも僕本当にいい名前浮かばないよ？　真っ黒な恰好《かっこう》してるから夜って漢字入れようとか、今は夏だから夏も入れてみようとかそのぐらいしか……」

「いいよ」

これはもう諦めるしかなさそうだ。少年は観念してため息をつく。

「……あとで文句言わないでね」

「言わない。約束するよ。君がくれた名前はちゃんと大事にするよ、頼政」

「分かった。分かったよ！　それじゃあ、あなたの名前は――」

あとで後悔しても知るものか。そう思いながら少年は優雅に微笑む『友人』に名前を与えることにした。

†

『彼方《かなた》』の閉店時間は夕方の五時だ。

夜鳥《やとり》と頼政《よりまさ》は、店を閉めたあとは店内や厨房《ちゅうぼう》の後片付けを行い、それが終わってから夕飯を食べることになっている。

「頼政、この時間に寝たら夜寝れなくなるよ」

片付けを終えて休憩しようと思ったのか、椅子に座ってそのまま寝始めた助手に声をかけるが返答がない。夜鳥はううん、と小さく唸《うな》ってから自分の上着を頼政の背中にかけてあげた。

空調は閉店後は温度を低く設定することになっている。夜鳥は変えなくても、と思うのだが頼政が「電気代を節約しよう」と押し通したのだ。

「私はこうなるから変える必要ないって言ったのにね。風邪引いても知らないよ」

嘆息しながら独り言を呟《つぶや》いていた夜鳥は、頼政の手元に一枚のメモがあることに気付いた。頼政を起こしてしまわないように手に取って見てみる。

人間たちに酷使されて廃品寸前のロボット的な何かが描いてあった。

しかも、全身を黒く塗り潰している辺りが闇を感じさせる。

「んん……？　あっ、すいません夜鳥さん」

目を覚ました頼政は慌てて謝った。

仕事も片付けも終わって、夜鳥の姿を見ながら絵を描いていたら、気が緩んでつい寝てしまった。急いで立ち上がろうとすると、夜鳥に肩を叩《たた》かれる。

何故か彼はとても神妙な面持ちだった。

「いいんだよ、頼政。疲れてるならもう少し寝てなさい」

「え……何でそんなに優しい声で……」

寝ている間に何かあったのだろうか。慈愛に満ちた声で睡眠を促す店長を薄気味悪く感じていた頼政は、彼が手にしているメモを見た。

それを夜鳥に見られてしまったと分かった瞬間、頼政の頬は赤くなった。

「うわっ！　それ、それ……！」

「え、見ちゃいけないものだった？　ごめんね、つい」

「いや、こっちこそ何かすいません……気持ち悪いですよね、こんなの」

夜鳥に見えないように描いていたものだったが、蔑まれるかもしれない。

頼政は夜鳥からの反応を待っていたのだが、予想に反して彼は優しかった。

「気持ち悪くないよ。うん、全然気持ち悪くなんかない。頼政は元気で健やかないい子だ」

「？　ありがとうございます……」

どこか必死そうに否定する夜鳥に、頼政は妙な違和感を覚える。ひょっとすると自分たちは思い違いをしているのでは。

「あのー……夜鳥さんもしかして気付いてません？　僕が誰を描いてたか……」

「誰っていうか、ロボットだね」

何の躊躇《ためら》いもなく言い放った夜鳥。頼政は渋い顔つきになった。

「僕、夜鳥さんを描いたつもりなんですけど。一応」

「私？」

真相を告げると不思議そうに首を傾《かし》げられたので、頼政の顔はさらに渋くなった。

確かにあまり似ていないが、怖がるなんて失礼すぎるのではないだろうか。しかも、人間だと認識されてすらいなかった。

「嘘《うそ》じゃないですよ。……多分」

「多分って何で描いた本人が自信なさげなのかなぁ。描いてもらってるって気付かなかった私も悪いだろうけど、そこはもう少し自分を信じてあげなさい」

「だって、夜鳥さんにロボットって言われてから見たら、もうどこからどう見てもロボットにしか見えなくなって……」

まず、人間はこんなに角張っていないし、肩幅があまりにも広すぎる。

腕も関節の動きを無視して有り得ない方向に曲がっているし、手の指が刃物のように鋭利だ。

そして、何と言っても顔がえげつない。唇が異様に分厚くて、目が魚のように丸くて大きい。唇から覗《のぞ》く歯は唇を塗る時に一緒に塗り潰したせいでお歯黒状態になっている。

何だってこんな化物を製造してしまったのか。頼政は自身の作品に恐怖すら覚えた。

「ほんと……すいません、夜鳥さん」

「気にしなくていいよ。寝惚《ねぼ》けて描いてたんだと思うし、だったら仕方ない」

夜鳥はそう言うが、これを描いていた最中はわりと意識ははっきりしていた。

そのことを言うか言うまいか頼政は葛藤して、結局自分の胸の中にしまっておくことにした。それにしても、見れば見るほど気持ち悪い絵である。

すると、夜鳥がこちらを気の毒そうに窺《うかが》ってきた。

「頼政ってどうして絵描くのは大好きなのに、ちっとも上達しないのかな」

「言わないでくださいよ！　本人滅茶苦茶気にしてるんですから」

「だけど、いまだにこのレベルとか……昔と何一つ変わってなくて、懐かしいとさえ思えてくるね」

ペットの成長を見守るように柔らかく微笑む夜鳥に頼政は返す言葉もなかった。

頼政には二つの趣味がある。

最初に挙げるとするならお菓子や料理作りだ。これは趣味であり特技でもある。高校は専門校に通っていたので調理師免許も獲得している。

そして、もう一つは懸賞はがきの応募である。これは母の影響が大きい。

彼女がこういった、「当たればラッキー」な抽選に応募するのが大好きで機会があるとはがきを買ってくるのである。

懸賞はがきは裏にイラストが描いてあると目立ちやすく、当選しやすいと言われている。

頼政の母もそれを信じてイラストを一枚のはがきに描くのだが、頼政もその真似をして絵を描くようになった。

子供の頃はどちらかと言えば内向的だった頼政にとって、たくさんの色鉛筆やクレヨンで絵を描くことは大きな楽しみの一つだった。それがいつしか母と同じようにははがきの裏面にイラストを描き、それをポストに投函することが増えたのである。

ただし、絵描き歴十年以上の頼政の画力は小学生時代に成長期を終えてしまっていた。いや、そもそも成長期があったかも分からない。

犬や猫を描けば、骨格を失ったアメーバのような胴体に獣の生首が乗った物体となり、バッタやカブトムシを描けば、脚が二本しかない新種の生き物が誕生した。

中学生の時、クラスメイトの肖像画を描いた時にはマジ切れされた。

そんな頼政の画力に母は「頼政は絵が下手なわけじゃない。皆があんたのセンスについていけないだけなのよ」と力強いコメントを残してくれた。

その言葉に当時の頼政は随分と励まされた。

そう、自分の絵もいつかピカソのように認められる日がやってくる。そう思い続けたのだが、結局頼政はピカソにはなれなかった。普通に絵が下手だったからである。

「どうしたら絵上手くなるんですかね。僕、こんなんだからか、今まで懸賞一回も当てたことないんです」

「別に懸賞って画力高いと有利ってわけじゃないし……でも、君の絵が描いてあるはがきを避けたくなる気持ちはすごい分かるよ」

「えぇ～？　そこまで言うなら夜鳥さんも何か描いてみてくださいよ」

そう言いながら頼政はメモ用紙と鉛筆を夜鳥に差し出した。

「うん、いいよ。何描けばいいのかな？」

「ポメラニアンお願いします」

「難易度高すぎない？　ただの犬じゃダメなの？」

しかし、母が絵のレベルを測定するならポメラニアンを描かせるのが一番だと言っていたのだ。この際なので、頼政は夜鳥の絵心がどれほどあるのか調べることにした。

「はい、どうぞ」

そして、待つこと五分。

夜鳥から返されたメモ紙にはポメラニアンがいた。

全体のふわふわ感が伝わってくるだけでなく、見る者を虜《とりこ》にするつぶらな瞳も完全再現されている。

自分とはあまりに違いすぎる戦闘力、いや画力に頼政は絶望した。

「可愛《かわい》すぎる……すげぇ、僕は目玉ついた綿飴《わたあめ》にしかならなかったのに……」

「犬は大好きだから得意だよ。柴犬からアメリカンコッカースパニエルまで何でも描けちゃう」

「アメリカン……コッカー？」

「調べてみなさい。すごい可愛いから」

その後、頼政はアメリカンコッカースパニエルをネットで検索して、登場した可愛い犬にはしゃいだあとに思い悩んだ。

どうして自分はこんなに絵が下手なんだろうと。

†

「それは私たちに相談されても困るわよ……」

「そりゃそうですよね」

「というか！　あなた、店長さんが描いた絵を持ってこなかったの⁉」

悲痛な声で叫ぶ友人、いや、正しくは知り合い以上友達未満の人物に頼政は苦い笑みを浮かべる。

大学ではいつも一人で昼食を食べていた頼政にも、ともに食べる仲間ができた。

「私たちの研究材料にもなるし、私のコレクションにもなったのにぃ……」

オカルト・心霊研究サークルの面々である。どういうわけか、あのホスト事件で話を聞いて以来、彼らとの距離が近付いたのだ。

本日はリーダーポジションの茶髪の女、青崎玲《あおざきれい》と物静かなおさげの女、綾野紗奈《あやのさな》の二人だけだが、男性陣やあのホスト事件で姉が大変なことになった恵梨《えり》という女性も同席することがある。男だと長身のほうと二人きりで食事することも多く、逆に赤縁眼鏡のほうとはほとんどない。

夜鳥に首ったけらしい玲としてはこういった何気ない会話から、どうにか彼の情報を掴《つか》もうという思惑もあるようだが、頼政はそこに突っ込まないことにした。

突っ込んだことも数回あったものの、「当たり前でしょ！　私はまだまだ店長さんのことをたくさん知りたいの！」と自信満々に返されてしまうので諦めた。

こうして探るより店に行って直接聞いたほうがいいのでは。この疑問に関しても頼政は口を閉ざすことを決めた。

初めて夜鳥と会った時、顔を真っ赤にして一言も喋《しゃべ》れなかった彼女にその指摘は酷だと感じたのだ。

「でも、深山《みやま》君の絵心のなさはガチだわ。紙が可哀想よ……」

「そこまで言うか」

「だって、これ……何？」

玲は頼政に試しに描かせた絵を見て顔をしかめた。

「ゴリラです」

「全身を黒く塗って鼻の穴を大きく書きゃゴリラだって思ってんじゃないわよ。ただの鼻の穴でかいだけのロボットにしか見えないんだけど」

正直に答えた頼政に玲の容赦ない叱責《しっせき》が飛ぶ。そして、動物を描いたはずなのに動物とすら認識されていなかった。

「でも、頭の中ではちゃんとジャングルでウホウホ言ってるゴリラは浮かんでるんですよ。それが上手く紙に写せないだけで」

「写せないだけって、そこが一番重要なのよ！　深山君の絵、全然生きてる感じが伝わってこないから！　生命を宿してると思えないの‼」

「そんなコメント貰《もら》った僕はどうしたらいいんだよ⁉」

生命を宿していないだの、生きてる感じがしないだのと哲学的な指摘をされても逆に困っている。生命のパワーを意識して描いたら、それはそれで大惨事になりそうだ。

頼政も玲も疲れ切っていると、それまで黙っていた紗奈がゆっくりと挙手をした。

「あ、あの、私は深山さんの絵とっても大好きですよ……？」

「綾野さん、無理しなくていいですから」

「私は無理してません！　本当のことを言っています。ほら、見てください。この異星人の目、今にも地球人を皆殺しにしそうで……」

「綾野さん、僕の説明聞いてました⁉　それ異星人じゃなくてゴリラ‼」

しかし、紗奈の目は輝きを放っており、本気で頼政の絵を褒めていると見える。

（この子、何か最近疲れてんのかな……）

密《ひそ》かに心配する頼政だったが、玲は何かを察したようにため息をついていた。それからスマホを数回操作したあとに頼政に渡した。

何も考えずにスマホの画面を見た頼政は、その三秒後に玲に返却した。

グロテスクとも言えない、ファンシーとも言えない、形容しがたい生物のイラストを見てしまったためである。視認しただけで体力を奪われたような感覚に頼政は青ざめた。

「何これ、呪いの絵？」

「ええ、呪いの絵よ」

「私が描きました」

「綾野さんが描いたの⁉　これを⁉」

玲公認呪いの絵の作者は頼政の目の前にいた。

「紗奈はね……あんたと同類なのよ。しかも、レベルはこっちのほうが高いわ」

「昔からこういうのが描くのが大好きなんです。ホラーとかSFの映画を観ていた影響だと思うんですけど」

恥ずかしそうに頬を赤らめる紗奈に頼政は思った。ここまでくると影響云々より、本人が生まれ持った才能の域である。

よく巨匠が描いた絵は人の心を掴み揺さぶると言うが、紗奈の絵はそれに通ずるものがあった。

「だから、深山さんみたいな絵にすごく親近感持ってしまって……」

「でも、綾野さんほどインパクト強くないかと……ほんと、毒にも薬にもならねぇ」

一番大人しいと思っていた人物が一番濃かった。頼政が遠い目をしていると、玲が突然テーブルに突っ伏した。

「青崎さん⁉」

絵の影響か⁉　と頼政が慌てていると、食堂に数学科の教授が入ってきた。

教授は食堂内を見回していたが、頼政たちのテーブルを向くと般若のような顔つきになった。

「青崎ぃ!!　それで隠れたつもりか⁉　とっとと課題を出せ!!」

「ちっ、気付かれたか！」

玲の動きは早かった。見付かったと知るや否や、立ち上がると教授がいる方向を上手い具合に避けながら食堂から出ていく。

教授もそれで諦めるわけではなく、青崎の名前を叫びながら追いかけていった。

時間にして一分そこら。嵐のような出来事だった。

呆然《ぼうぜん》とする頼政だったが、紗奈は特に気にした様子はないようだった。

「……青崎さんっていつもあんな感じなんですか？」

「はい。すごく頭はいい人なんですけど、提出物は締め切りの一週間後に出すって決めてる人なんです」

「最初から遅れる気満々か」

ダラダラと怠け続けて結局遅れてしまうよりもタチが悪い。

教授があれだけ怒り狂うのも分かる気がする。きっと、真面目にやれば期日通りに提出ができるタイプなのだろうが。

乾いた笑いを浮かべていた頼政だったが、あることを思い出して目を見開いた。

「そうだった。これ、青崎さんが生きて戻ってきたら渡してもらえますか？」

「これは……？」

頼政が鞄《かばん》の中から出したピンク色の袋の包みを紗奈は不思議そうにしながら受け取った。

「この前青崎さんが欲しいって言ってたうちの店のマドレーヌです。普通の味と、抹茶、期間限定でかぼちゃ味の三種類あるって伝えておいてください」

よほど食べたかったのだろう。「お金は先に払うから！」とすでに代金もいただいている。

そんな彼女の熱意に打たれて、一個おまけで多く入れておいたマドレーヌ。絵のことですっかり忘れてしまっていた。

「はい。玲さんならきっと逃げ切れると思いますので！」

紗奈はそう言うが、本人の将来を思えば逃げ切るより捕まって、ちゃんと課題を出すべきである。頼政は何とも言えない心境でもう一つ包みを取り出した。

「あと、これは僕のおやつとして持ってきた分なんですけど……綾野さんも一緒に食べますか？」

「いいんですか？　私だけこんな……」

「他の皆には内緒ですよ。はい、どうぞ」

「ありがとうございます！　わぁ、美味しそうな匂い……」

紗奈にはプレーンタイプのマドレーヌを渡して、頼政は抹茶味のほうを食べた。

(うん、我ながら美味い)

バターの濃厚なコクと抹茶の独特の風味がちょうどいい具合に混ざり合っている。バターの味が濃すぎるとくどくなってしまうし、抹茶パウダーの量が多いと苦みが強くなってしまう。

マドレーヌは作り方は簡単なのだが、誰でも美味しいと思ってくれるような商品となるとそうもいかなくなる。特に抹茶のような苦味があるものを菓子に加えるとなると、「自分好みの味でいいや」では済まされない。

プレーンのマドレーヌを食べた紗奈からは歓喜の声が上がった。

「美味しい！　これとっても美味しいです！　甘くてしっとりしてて……！」

「そう言ってもらえると嬉《うれ》しいです。マドレーヌは店で働く前から作ることが多かったんで、少し自信ありました」

「すごいなぁ……私なんて台所に入る時はいまだに両親の許可がいるんです。危ないからって。私もう大学生なのに」

「危ない……」

紗奈の両親の言う「危ない」とは子供の怪我《けが》ではなく、とんでもないものを作り出すことを指しているのではないだろうか。

あの衝撃の絵を脳裏に思い浮かべて頼政はそう推理した。

「私にも深山君みたいに料理の才能があればいいんですけど」

「才能だなんてそんな。僕だって最初から料理もお菓子作りも上手だったわけじゃないんです。たくさん努力して今に至るわけで」

憧れを滲《にじ》ませる紗奈の言葉に頼政は薄く笑って否定する。

子供の頃はよく失敗を繰り返したし、怪我もした。包丁で切った傷や火傷《やけど》のせいで小学生のものとは思えない痛々しい手をしていた時期もある。

そう、手の怪我はすべて自分のミスに寄るものだった。

彼らは物理的に頼政を傷付けることはなかったから。

「努力って……深山君は昔から料理を作る仕事に就くのが夢だったんですか？」

「そういうわけでもないんです。ただ、まあ、努力して頑張って振り向いてもらいたかったんですよね。認めてもらいたいっていうのがあったのかな」

「……深山さん？」

「僕みたいな人間はそのくらいやらないと自分の価値を作ることができないんです」

特に深く考えず頼政がそう言い切ると同時に、スマホが震えだす。家からの電話だ。

「すいません、ちょっと出てきますんで」

「は、はい……」

頼政がスマホと鞄を持って食堂から出ていく後ろ姿をぼんやり眺めていた紗奈は、その数秒後に先ほど逃亡した友人が入れ替わる形でやってきたことに気付いた。

今回もどうにか逃げ切ったらしい。

「おかえりなさい、玲さん」

「ただいま。……私、どんどん足が速くなってるような気がする」

玲はげっそりとした表情で席に着いた。

「ちゃんと課題出していれば教授もあまり怒らないと思うんですけど……」

「私はいつもギリギリの世界に生きていたいの！」

「そうですか……あ、これ深山君が玲さんにマドレーヌ渡してほしいって」

「えっ！　本当に⁉」

紗奈が包みを見せた途端、玲の顔に生気が戻った。

やはり、食べ物は人間を元気にさせるパワーを秘めている。栄養的な意味でも、精神的な意味でも。

「やったー！　『彼方』のマドレーヌって評判いいのよ。このために甘味断ちしてたと言ってもいいわ。さあ、これをガンガン食べて太るわよ！」

「……あの、玲さん」

「ん？　もちろん紗奈にも一個あげるわよ。あと、恵梨の分もキープしておくし」

「そ、そうじゃなくて、深山君のことでちょっと」

すでに一つ貰っていることは伏せて、紗奈はそう話を切り出した。

「深山君がどうかした？　気になるの？」

「気になるというか……深山君を見ているとたまに心配になるんです」

吐露された紗奈の不安に玲は動きを止めた。

「変な女に捕まってるかもしれないってこと？　確かに深山君っていかにもお人好しって感じするけど、そういうのにホイホイついていくような馬鹿ではないと思うわよ」

「そういう心配ではないんです。ただ……自分のこと、あまり好きじゃないように思えてしまう時があるんです」

「人間そのくらいでちょうどいいんじゃないの。あんまり好きすぎてもナルシストになったり自意識過剰になってウザいだけよ」

「そう……でしょうか」

紗奈は数分前までこの場にいた青年の笑みを思い浮かべた。

あの時、彼は努力しなければ自分の価値を作れないと言った。きっと、それは思い詰めて思い詰めて辿《たど》り着いた答えではない。日常を送っていくうちに自然に染み付いてしまった考え方に紗奈は思えた。それはあまりに悲しいことだ。

「玲さん！」

「えっ、何？」

「これからも深山君と一緒にご飯食べたりしましょう！　それで皆で楽しく時間をすごすんです！」

頼政に少しでも笑顔になってもらいたい。紗奈がそんな思いを込めて提案すると、玲は一瞬驚いてから噴き出した。

「ぷっ……ふふ……」

「わ、私、何かおかしいこと言ってしまいましたか？」

「そうじゃなくて、あんた随分と深山君のこと気にしてんのね」

「はい！　だって、深山君優しい人ですから」

「……自覚してないんだ。でも、いいよ。私も深山君のこと、店長さんとかお菓子抜きにして好きだし協力してあげる」

苦笑する玲に紗奈は首を傾げた。

「自覚？」

「ううん。そんなに大したことじゃないから紗奈は気にしなくていいわよ」

そう玲は言うものの、ものすごく大したことのような気がして紗奈は頭を悩ませた。

†

家からかかってきた電話に頼政は絶望した。電話の主は本日は休みの父親だったのだが、内容は頼政におつかいをお願いしたいというものだった。

薬局に行って、今から言うものを買ってきてほしい。どこか切なそうな声で告げた父に、頼政はとりあえず引き受けることにした。

そして、言われた商品の名前をスマホで検索して息を呑《の》んだ。

最近発売されたばかりの育毛剤だった。

検索画面に名前を入力した時点で、その後ろに「毛」、「効果」、「おすすめ」、「生えた」などの予測ワードが出てきた時点で嫌な予感はしていたが、まさか我が家の大黒柱が。

頼政は母から「お父さんの枕に抜け毛たくさんついてるのよ」なるエピソードを先週聞いている。母はもしかしたら本人にもそのことを告げた可能性が高い。

しかし、頼政には一つ納得いかないことがある。

その育毛剤を何故息子である自分が購入しなければならないのか。このままでは頼政が髪のことで悩んで買ったように思われてしまう。

（いつかは通る道かもしれない……でも、まだ二十代のうちから医学の力を頼るわけには……）

夜鳥に将来ヤバいかもしれないと称された頭皮を頼政はそれなりに気遣っている。海苔《のり》やひじきなど発毛に効果があるとされる海藻類も多く食べるようにしていた。シャンプーも少し高いものを使用し、櫛も頭皮や髪に優しいタイプを選んだ。

だが、薬品は最終手段だ。頼政はそう心に誓って手を出そうとしてなかったが、父がその道を歩むならついでに息子も歩き始めてもいいのではないか。そんな思いで心がぐらつく。

かつてないほど真剣な表情で薬局へと向かっていた頼政は横断歩道の前で止まった。歩行者用の赤信号を見詰めながら薬を二人分買うか悩んでいると、向こう側の道に一人の子供がいることに気付いた。

小学高学年くらいだろうか。赤いワンピース姿のその少女はその場から一歩も動かず佇《たたず》んでいた。

そして、表情一つ変えることなく、眼前を横切る車をじっと見詰めていた。周囲の人々が信号が青になった途端、一斉に横断歩道へと歩き出したあとも。

その光景が妙に物悲しく感じて、頼政は放っておけなかった。横断歩道を渡り、そのまま少女の元に向かっていく。

「どうしたの？」

少女に頼政はできるだけ優しい声で呼びかけた。すると、少女は我に返ったように大きく見開いた両目で突然話しかけてきた青年を見上げた。

「お兄ちゃん？」

「何かあったのかなって思ってさ。親とはぐれて迷子になっちゃったとか？」

「ううん……落とし物、探してるの」

「落とし物？　よかったら探すの手伝おうか？」

少女の目線に合わせるように頼政はしゃがみ込んだ。

そんな提案をされるとは夢にも思わなかったのだろう。少女は目線を頼政から逸《そ》らすと、逡巡《しゅんじゅん》するような素振りを見せた。

その反応に頼政も少し強引だったかと後悔する。見ず知らずの男から声をかけられたら怯《おび》えられるのは当たり前のことだ。

「あ、ああ……ごめん。余計なこと聞い……」

「ブローチ」

どこか切羽詰まったような少女の声が頼政の言葉を遮る。

「……ん？」

「ブローチ……失《な》くしたの。大事だったのに……」

少女は頼政から目を逸らしたまま、静かに告げた。

「ブローチって……この辺りに落としたのかな？」

頼政がそう尋ねると少女は困った顔で首を横に振った。

頼政は小さく笑ってから、少女の頭を撫《な》でた。

「あのさ、君がよければ……僕が一緒に探してあげるから」

「いいの？」

「うん。二人で探せば見付かると思うよ」

「……ありがとう」

少女が小さく頭を下げてから見せた笑う姿はどこか儚《はかな》げで大人びていて、その表情に頼政は一瞬戸惑ってしまう。

どうしてか抱いてしまった違和感を消そうとしていると、反対方向から走ってきたサラリーマンが少女にぶつかりそうになっていた。

「あ、あぶな……！」

頼政の体が動くより、サラリーマンの走る速度のほうが速かった。

だが、二人がぶつかり合う音は聞こえることはなかった。

サラリーマンは少女の体を一切の躊躇《ちゅうちょ》もなく、すり抜けてしまったのだから。その光景に誰も驚くこともなく。

「え、あ、あの」

頼政の背中に冷たい汗が流れる。声が上手く出ないし、何を言うべきかも思い付いていなかった。

「……ごめんなさい。あとで知られてしまうとは思っていたけど」

ぶつかった衝撃などなかったはずだ。それでも、少女は青ざめる頼政に泣きそうな顔で自らがすでにこの世の住人ではないことを明かした。

†

『彼方』の二階は家主の夜鳥の居住スペースになっており、寝室の他にいくつかの部屋が存在する。

そのうちの一つが通称『桐子《とうこ》部屋』と呼ばれるものだった。頼政は一度入ったことがあったが、金切り声を上げて逃げ出した曰《いわ》く付きの部屋だった。

「……頼政は何が気に入らないというのか」

その室内で夜鳥は助手の思考回路が心底理解できないと言ったふうに唸り声を上げる。多くの女を虜にする美貌を持つ青年の目の前には、冬海《ふゆみ》桐子の石像が慈愛の笑みを湛《たた》えて立っていた。

業者にオーダーして作らせたわけではなく、夜鳥が一ヶ月かけて自作した逸品だった。

桐子部屋というのはこの桐子像を祀《まつ》るために設けられた部屋だった。祠《ほこら》も用意されており、室内は様々な花で飾られている。

桐子への愛が人並み以上に詰まった部屋の中心で夜鳥は思った。どうすれば、助手にもこの部屋の素晴らしさが伝わるだろうかと。

「サーチライトでも設置してみるか……？」

頼政が知ったら怒り狂いそうな計画を立てていた夜鳥は僅かに目を見開いた。部屋から出ると下に降りていき、『彼方』の店内に向かった。

時刻はすでに夕方の五時を迎えており、店内はオレンジ色の光で染まっていた。

夕日の眩《まぶ》しさに目を細めながら夜鳥は入口の前に立つ人物に視線をやった。

本日の営業時間は午前で終了している。なので、店に客を招く義務は夜鳥にはなかったのだが、ポケットから鍵を取り出してドアを開けた。

「お客様、一体どうされました？」

客は一人ではなかった。痩せぎすの初老の男性と目を真っ赤に腫らした中年女性。

「お願いがあるんです。これらを探していただきたいのですが……」

男性が一枚の写真を取り出す。

そこには燃えるような、血のような深紅のブローチがいくつも映っていた。

†

「う～～～～～～ん……」

そろそろ星が空に点滅する頃だ。今日は一日中晴れだったので綺麗な夜空になるだろうな、と現実逃避しながら頼政は自動販売機の隣で佇んでいた。

その隣には少女が寄り添っている。

浮かない表情を浮かべる頼政の手にはスチール缶が握られている。ちなみに味はコーンポタージュだ。

少女曰くブローチは赤い花が描かれていて、この街のどこかに落ちているはずなのだが、あまりにも範囲が広すぎて絞り込めなかった。

しかも、どの辺で落としたのかを聞くと泣きそうな顔で黙り込まれるので、新たな手がかりを掴むことも難しい。

頼みの綱のサイコメトリーも役に立たなかった。あれは『物』に触れることで過去や思念を読み取る力だ。『人』には効力がない。

手がかりを見付けるなら読み取るのが一番なのだが、それが使えない以上、地道に探すしかない。そう決めた頼政は今までずっと地面を見ながら歩き続けた。

当然、収穫はゼロである。

どうにかして読み取れたらいいのだが。頼政が悩みながらポタージュを飲んでいると、その様子を見ていた少女が口を開いた。

「どうして」

「？」

「どうして、あなたはここまでしてくれるの？　見たでしょう？　私、人じゃない」

「……そうだね」

頼政は小さくため息をついた。この少女は人間ではない。それが分かった瞬間、逃げたいという気持ちが確かに頼政の中にあった。

いや、今も少しあったりする。緊張からか、恐怖からか、心臓が速く動いていた。

（幽霊ってやつなんだろうな、きっと）

そう考えながら、夜に近付きつつある空を見上げる。

（夜鳥さんだったらこういう時どうする？）

幽霊の類《たぐい》を見たことは何度もある。が、それは大抵が夜鳥とともにいる時だ。なので、一人でこうして幽霊と関わることなんて初めてのことかもしれなかった。

はっきり言って怖い。それでも少女の頼みを聞いた理由は一つだった。

「君みたいな小さな子放っておけないよ」

「……そう」

こんなに幼くして亡くなったのだ。少女の心を救うために何かしてやりたいと思う。

「あなたみたいな人が……あの時、いてくれたらよかったのに」

「え……？」

「いいえ。何でもないわ……」

静かに微笑み、囁《ささや》くように話す少女は大人びているというより、子供の姿をした大人に頼政は見えた。

またポタージュを飲む。このコンポタ、さっきからずっと飲んでいるのだが、一向にトウモロコシの粒に出合えていない。

「あのね、私には仲間がたくさんいたのよ。みんな可愛くて綺麗だった。なのに、私だけが捨てられたの。みんなに比べて綺麗じゃないからって。価値がないからだって」

少女の言葉に頼政は一瞬ドキッとしてしまった。それは一体、どういうことなのだろうか。聞いてはいけないことを聞いてしまった気がして、缶を握る力を無意識に強めた。

頼政の緊張を知ってか知らずか、少女はあどけない笑みを浮かべて夜になりかけの空を見上げた。

「私、こんなふうに独りになるくらいだったら最初から『作って』くれないほうがよかった……」

「……作る？」

「いてもいなくても同じってことよ」

愛らしい声から告げられた冷たく残酷な言葉に頼政はぎこちなく笑いながら首を横に振る。

「……いてもいなくても同じ人なんて誰もいないよ」

「説得力ないわ。お兄ちゃん」

少女は困ったように笑ってから、背伸びをして頼政の頭を撫でた。

「あなただって、自分のことそう思ってるくせに」

その一言に頼政の心が小さく軋《きし》んだ。

「そんなことないよ」

本当に？

誰かがそう尋ねる声がしたような気がして、頼政は笑みを凍り付かせた。

どこかで川のせせらぎが聞こえる。

黒い水の中がどれだけ冷たくて、怖かったのか。今でも覚えている。

なのに、安堵《あんど》した記憶がある。

あの時、確かに少年は願ってしまったのだ。自分なんていなくなってしまえ、と。

「お兄ちゃん、私謝らなくちゃいけないことがあるの」

「えっ……な、何？」

少女の声に頼政は慌てて反応する。

「私が探していたの、ブローチじゃないの。本当に捜していたのは……」

少女は頼政を一瞥《いちべつ》し、苦々しい笑みを浮かべると、話の途中で走り出した。

「え？　ちょっと、急にどうしたの⁉」

反射的に頼政も少女を追いかける。此方《こちら》を振り返った少女の瞳から一筋の涙が零《こぼ》れたように見えた。

「ずっと、ずっとこんな私と一緒にいてくれる優しい人が欲しかった！　だから——

——」

その先、少女が何と言ったのか、頼政には聞こえなかった。横から聞こえたエンジン音に掻《か》き消されたのだ。

凄《すさ》まじい速度で迫る轟音《ごうおん》の正体を確かめる術《すべ》などなかった。

背後から伸びた手で右腕を掴まれ、そのまま後ろへと引っ張られたからである。

クラクションを数回鳴らしながら走り去っていくのは大型トラックだ。

頼政が呆然としながらも背後を振り向くと、命の恩人は柔和な笑みを浮かべた。

「頼政、前はしっかり見なさい。こういうことになってしまうよ」

「や、夜鳥さん……」

「怪我はない？」

優しい声色で尋ねられて、頼政は「ないです」と震える声で答えた。いや、答えたつもりになっているだけで、ちゃんと言語になっていたか曖昧《あいまい》だったが。

「僕、今……何で……」

「トラックに轢《ひ》かれかけたんだよ。ねぇ、お嬢さん？」

夜鳥が視線を向けた先には呆《ほう》けた表情の少女がいた。

「や、夜鳥さんもやっぱり見えるんですか？　その幽霊の子」

すると、夜鳥は目を丸くした。

「幽霊？　何のこと？」

「え？」

「……ああ、君は彼女が死人だと思っているのか。君らしいなぁ。危なっかしいね」

苦笑する夜鳥に頼政は先ほどのことを思い出す。

少女は何も言わずに走りだした。それを頼政は「追いかけなくては」と思い、後を迫った。車が車道を行き交う中を危険だとも考えられずに。

今、考えればあまりにも恐ろしい。トラックに轢かれかけたことではない。一瞬だったが、少女のことしか考えられなくなったことが、だ。

「頼政、絵画の中にいる少女に騙《だま》されたホストを覚えているかな。君は奴《やつ》と同じ状態になったということだよ」

「騙されたって……」

「君がどうしてこのお嬢さんと一緒にいたのかは私には分からない。まあ、君のことだ。情に流されたんだろう。そして、こうなった」

夜鳥の言葉を聞き、少女のほうを見ると彼女は青ざめたまま立ち尽くしていた。図星、ということだろう。

少女は意を決した様子で夜鳥に対して口を開いた。

「あなたは……私のこと知ってるの？」

「うん。見当はついているよ。数時間前、君の持ち主の数少ない友人から依頼を受けてね」

「……夜鳥さん？　持ち主ってなんですか？」

強烈な違和感を覚えて、頼政は口を挟んだ。

だが、夜鳥は頼政に微笑を向けるだけで、すぐに自分の話を続けた。

「君の持ち主が亡くなったあと、残された彼の私物で金になる物はすべてその手の店に売り飛ばされた。依頼というのは、その売った店がどこか調べてほしいということ。同じ業界の人間に聞くのが一番だと思ったのだろうね。ただ、依頼人たちはこうも言っていた。売られてすらいない物まであると……それが君だ」

夜鳥の指摘に少女が一瞬、肩を震わせて顔を背けた。それは突き付けられた事実から逃げるような素振りだと頼政は思った。

そして、黙って見ていられず、再度口を開いた。頭の中がぐるぐるしている。

持ち主？　亡くなった？　売り飛ばされた？

夜鳥は一体何の話をしている？

「待って待って。待ってください夜鳥さん。何かおかしくないですか？」

「おかしくないよ。何もおかしいことはない。その証拠に彼女は持ち主と呼ばれたことに関して何も反論しないだろう？」

「それ、は……」

夜鳥の言う通りだった。少女は苦痛に耐えるような表情こそしているが、それだけだ。

「話を続けようか。先日、それなりにいい物を大量に売りにきた変な客がいたと知り合いの骨董品店から相談を受けていてね。さっきその店に行って品物をすべて見てきた。……そこにあった品物とこのお嬢さんは波長が似ている。一目見てすぐに分かったよ。ただし、本体から離れ、こうして魂だけが彷徨《さまよ》い続けていた」

「……魂だけが」

夜鳥の物言いはまるで彼女や彼女の姉を道具扱いしているかのようだった。

頼政は少女をじっと見詰めた。ある『考え』が脳裏をちらついている。

「あの、もしかして……」

「何かな？　言ってみなさい」

「この子は……幽霊とかじゃないんですか」

夜鳥に促される形で頼政がそう問うと、少女は俯《うつむ》いた。

「うん、元人間ですらない。君とは完全に異なるモノだよ」

完全に異なるモノ、こんなにも人間のような姿をしているのに。

言葉を失う頼政に、夜鳥は優しい声音で尋ねた。

「頼政は知っているかな？　付喪神《つくもがみ》というものを」

「……物の神様みたいなものでしたっけ？」

あまり聞き慣れない言葉だ。確か、以前伝奇小説を読んでいた時に登場した言葉だった。

頼政はたどたどしく何となく覚えていることを口にした。

「うん、簡単に説明するとだね、物は長い年月在り続けると魂が宿る。それが付喪神っていうことだよ」

「あの、今その話をしたってことはつまり……」

愕然《がくぜん》とする頼政の表情に、夜鳥はどこか哀れむような眼差しを助手へ向けた。

「可哀想に。君は人間ではないモノに殺されかけたことになる」

殺されかけた。それを聞いた瞬間、先ほどのあの轟音、トラックのエンジン音を思い出して、頼政は瞠目《どうもく》する。

そうだ、この少女は自分を死なせようとした。

ずっと一緒にいたい。ただ、そんな単純な願いのためだけに。

俯いた頼政の顔を夜鳥が覗き込みながら言葉を紡ぐ。

その表情はいつもと違い、冷たさを感じさせた。

「さあ、頼政。どうする？」

「どうするって何をですか」

「この続きを聞きたいなら選択しなさい。君は君を殺そうとした少女に最後まで関わるか、逃げ出すか。聞いてしまったら君は絶対に引けなくなる。だから、今のうちに聞いておこう」

それは夜鳥なりの忠告なのだろう。頼政はすぐに答えを出すことができなかった。

関わるか、逃げ出すか。きっとどちらも間違いではないのだろう。だからこそ、その選択を夜鳥は頼政に任せるというのだ。

頼政は迷いを振り切るように首を左右に振ってから、少女の前にしゃがみ込んだ。

「よく分からないけど……君が僕を死なせようとしたのは、君が僕と一緒にいたいと思ったからってことでいいのかな？」

少女は無言で頷《うなず》いた。それを聞いて頼政は笑った。

「そっか。ありがとう」

「え？」

「僕を選んでくれてありがとう。こんな僕と一緒にいたいって思ってくれて嬉しい」

頼政の表情からも声からも恐怖の色は一切滲み出ていなかった。少女を慰めるために用意したのではなく、本心からの言葉だったからだ。

少女は息を呑む。

「わ、私、あなたを死なせるつもりだった。殺そうとしたのよ？　あなたといたいがために……許されることじゃないのに……」

「それは僕を必要としてくれたからだよね。……今は死ぬわけにはいかないけどさ、悪い気分じゃないんだ」

「…………」

「だから、死ぬ以外で！　死ぬ以外で君を助けられることあったら、言ってほしいんだ。できることなら何でもするつもりだから……」

頼政の懇願めいた提案に一瞬きょとんとしたあと、苦笑した少女がポツリと呟く。

「……だったら、ブローチを拾ってほしいの」

「ブローチって……あれは嘘だって言ってなかった？」

「ええ、失くしたっていうのは嘘。どこにあるかも知ってる。あんな姿誰にも見られたくなくて黙ってたの」

「あんな姿？　それって……」

頼政の問いを遮るように、「でも」と続けて少女は頼政を見て悪戯《いたずら》めいた笑みを浮かべる。

「あなたに拾ってもらえるなら、きっと私幸せになれると思うわ」

その姿に頼政はゆっくりと頷いた。拾われる。

たったそれだけで幸せになれる。そんな儚い願いを叶《かな》えてあげたい。

少女へ手を差し出し、「僕の手に触れて」と告げた。

「君のブローチ、僕が見付けるよ」

少女が困惑げに頼政と頼政の手を交互に見る。そんな少女に夜鳥はどこか自慢げに話しかける。

「君は人間ではなく、『物』だ。だったら、頼政には君の小さな望みを叶えてやれる可能性が高い。そういうことだよ」

「……？」

「さあ、頼政の手を取りなさい。大丈夫、彼は君の今の姿を見ても軽蔑なんてしないよ」

少女はその言葉の意味が分からず、目を丸くしていた。

だが、信じようと決めたのだろう。自らの手をそっと頼政の手の上に置いた。

二人の手が僅かではあるが、文字通り『重なり』合う。

その瞬間、頼政の脳裏に少女の思念が流れ込んだ。

†

この街にはゴミ捨て場がいくつも点在している。それとは別に段ボールや雑誌類の収集日が近くなると二、三日前から大量の段ボールやビニール紐《ひも》で纏《まと》めた雑誌が置かれている場所がある。

どうやらこの辺りの住民ではなく、別の地域に住む人間が夜になると車でここまでやってきて捨ててるらしい。やめるようにと貼り紙を設置しても改善される気配は一向にない。

頼政たちがやってきたのはそのゴミ捨て場だった。それは少女が『捨てられた』場所。

いや、彼女だけではない。様々なアンティークジュエリー、その昔作られたアクセサリーがビニール袋に詰め込まれて投げ捨てられた。

少女たちの『持ち主』だった者はアンティークジュエリーのコレクターだったらしく、周りには内緒でこっそり集め続けていたという。

先日、持ち主が病気で亡くなったあと、残されたそれらは親戚たちに発見されたものの、そのほとんどが売りに出された。アクセサリーや骨董品の知識がなかった親戚たちにとって、それらは単なる金稼ぎの道具だった。

そして、傷が付いてたり、買い取り不可だったものはゴミ扱いされてすべて捨てられてしまった。

持ち主は元々親戚との折り合いが悪く、家族もいなかったらしい。

「主人の家は居心地がよかった。みんなもいたし、丁寧に扱ってくれたから。でも、とつぜん外に放り出されて、捨てられた。わたしは欠けていることを理由に『ゴミ』と言われた。みんなが燃やされていくのが怖かったし、くさくて暗い場所で独りでいるのも耐えられなかった……」

金にかえられないものは捨ててしまう。そんな考えを持った人間たちに怒りを覚えた。

まだ残っていてほしい。そんな祈りをこめて探し続ける。

「いつの間にか、この姿になってうろつくようになったわ。そんな時、ゴミ同然の私に優しくしてくれた貴方《あなた》が声をかけてくれた。とっても嬉しかった」

「……もう少し待ってて、君の体は僕が見つけるから」

優しく微笑みながら探し続ける頼政の姿を少女が静かに見守っていると、夜鳥から視線に気付いて怯えた表情を見せた。

「大丈夫、怖がらないでいいよ。君は結局、頼政を殺さなかった。私も君は殺さないでおこう」

「……化物ね」

少女が声をひそめながら畏怖を込めて言い放つと、夜鳥は口元を緩めた。

「ああ、確かに私は化物だよ。でもね、喜怒哀楽は多少なりとも存在する。というわけで、彼を連れて逝かれると困ってしまうんだ。きっと、私は泣いてしまうから」

化物が少女に向けて困ったように笑う。それは間違いなく人間の微笑みだった。

「違うわ。私にとっての化物はあなたじゃない。あの人よ」

少女は必死にゴミ捨て場を漁る頼政の後ろ姿を見詰める。

「優しくて優しくて怖い人。自分を必要としてくれることを何よりも望んでいるし、何でもする。たとえ、殺されようとしても、あなたがほしいって言われるだけで許してしまう可哀想な人……独りが何よりも怖いことだって知っているから」

「だから、俺がいる」

夜鳥は夜空を眺めながらやや強い口調で言った。

「何せ、十数年の仲でね。簡単に死なせない。死なせるつもりもない。……だから、安心しなさい。独りだった君に手を差し伸べた青年は明日も明後日もずっと生き続けるよ。平穏とは言い難い日常を送ることになったとしても」

「……それはよかったわ」

少女が心から安堵するような声を漏らした時だった。頼政が小さな声で「あ」と呟いた。段ボールと段ボールの隙間から外灯の光を何かが反射するのが見えたのだ。

急いで段ボールをどかすと、赤くて小さな物が地面に落ちていたのを発見する。

赤い花で飾られたそのブローチは端のほうが欠けていて、塗料もところどころ剥《は》げかけていた。

「あった！　夜鳥さんありました、ブローチで……」

「ああ、見付けたね」

「……あの子は？」

夜鳥の隣にいたはずの少女はどこを捜してもいなかった。

呆然としていると、頼政の耳が何かを拾った。

「あれ……？」

「どうしたんだい、頼政？」

「鳴き声みたいなの聞こえません？　猫みたいな……」

耳を澄ませていないと聞き逃してしまいそうなそれは、まだ手のつけていない段ボールの山から聞こえる。

ブローチをポケットに入れて、その辺りを掻き分けてみると、折り畳まれてもいない小さな箱が隅にポツンと置かれていた。そこから鳴き声がする。

頼政が箱を開くと、そこには数匹の猫がいた。それもまだ、生まれたてで、毛もろくに生え揃《そろ》っていない。母猫が生んでしまい、処分に困ったのだろうか。

間もなく本格的な冬が始まろうとして。こんな時期に、段ボール箱にただ入れたまま放置する行為に頼政は激しい憤りを覚えた。

餌もなく、毛布すら敷かれておらず、子猫たちは身を寄せ合って寒さに耐えている。

ゴミ収集車がくるのは明日。まだ体の弱い猫たちがこの冷たい夜を乗り越えられるかは微妙だ。いや、生きた状態で発見されたとして、保健所行きの可能性もあった。

何より頼政が許せなかったのは、生き物を『ゴミ捨て場』に置き去ることだった。

「こんなに頑張って生きようとしてるのに……」

何でそんなことができるのだろう。小さな箱の中で叫ぶように鳴く子猫たちを見下ろしていると、強い風が吹いた。

その冷たさから子猫たちを守るように頼政は箱に覆いかぶさる。

その風に乗って幼い声が頼政の耳に届いた。

——さようなら。あなたが幸せになれますように。

頼政は急いで周囲を見回したが、やはり姿はどこにもなかった。

そして、もう彼女には会えない。頼政の中にはそんな確信があった。

「可愛いね。私は猫が好きだよ」

夜鳥が着けていたマフラーを外して、子猫たちの段ボール箱に入れる。これで少しは寒さを凌《しの》げるだろうか。

頼政は夜鳥に小さく礼を言った。

「ありがとうございます……」

「私がこうしなかったら、君が同じことをやりそうだからね。……にしても、ここまでは予想していなかったな。ブローチ探しのついでに捨て猫を発見するなんて」

「そうですね……」

「彼女が捨てられた意味があったというわけかな」

「……捨てられることに意味なんてあるわけないでしょ。ただ……」

明日の朝まで体力が持たなかったであろう子猫たちを救うことで、彼女は自らの価値を見出せたのかもしれない。

頼政はポケットの中のブローチを取り出してそんなことを考えた。拾った時は氷のように冷たかったそれは、頼政の体温が移ってほんのり温かい。

「あの子と出会えたから、この猫たちも助けることができたんですよね。そう考えると、サイコメトリー持っててよかったなって思いますよ」

「んん？　君が彼女の姿が見えたのは、君が能力を持っているからじゃないよ」

「えっ」

「頼政、サイコメトリーというものはあくまで、物に触れることでそこに残留している記憶、思念を読み取る力だよ。彼女を見ることができたことと能力は何も関係がないと思うけどな。君、たまに幽霊とか見たりしてるけど、もしかして全部能力のせいだと思ってた……？」

嘘でしょ、と言いたげに尋ねる夜鳥に、頼政は肯定も否定もすることなく、固まっていた。

「僕……霊感あるってことですか？」

「いや、君はそういうのじゃなくて……波長が独特だからかなぁ」

「波長？」

「死にやすい波長をしているってこと。うん、気を付けてね」

頼政は我が耳を疑った。

「死にやすい波長って対策のしようがねーな！」

「大丈夫大丈夫」

何の根拠もない大丈夫である。生きることに自信を失くしていると、夜鳥に肩を叩かれた。

「どんまい、頼政。応援してるよ」

「はあ〜〜〜〜〜」

まあ、いいのだ。こんな歪《いびつ》な出会い方でも、それによって救われたものがたくさんある。

ちなみに、頼政は自分にそう言い聞かせて、段ボール箱を抱き締める。

父から頼まれていた育毛剤は買うのを忘れていて、家に帰ってから気付いた。父は泣いていた。

†

子猫たちは相談を受けた冬海家にその日のうちに預けられることとなった。

合計三匹にプラス愛犬が一匹。大丈夫かと心配する頼政だったが、郁曰く昔は猫を四匹飼っていたらしい。

しかし、今回は話を聞いた桐子の友人たちが次々と里親として立候補しており、子猫はある程度体力をつけたら彼らに引き取られるそうだ。

「さすが桐子さん。もう、あの人は天使としか言いようがないなぁ。そう思わない？」

「夜鳥さーん、そっちのテーブルはアンタが拭いてくださいね」

本日も桐子に首ったけの夜鳥にそう言って頼政はテーブルを布巾で拭いていた。

以前、一度だけ入って、あまりの恐ろしさに数秒で退室したあの部屋はまだ存在しているだろうか。

「……夜鳥さん」

「ん？」

「あの赤いブローチってどこにあるんですか？　店には置いてないみたいだし」

「私の部屋。今度、泊まりにきてくれたら見せてあげるよ」

「いーですよ。夜鳥さんの部屋ベットしかないでしょうよ。床に寝たくないですから」

たまに頼政は疑問を抱く。今回のブローチのように商品にはしがたい骨董品を手に入れた時、夜鳥はそれらをどこにしまっているのかと。頼政にはまだまだ知らないことがたくさんある。それらをすべて知りたいと思うのはエゴでしかない。

それでも、少しでも夜鳥を理解したいと願う。

そうすれば分かる気がした。あの時、あの夜、どうして彼はたった一人の子供に淡い執着を抱いたのかを。

「頼政？　ボーッとしてどうしたの？」

「……何でもないですよ。そんなことより、僕がこないだ送った懸賞はがき当たったんですよ！」

「へぇ、おめでとう。でも、それって君のイラストが裏に……」

「描きましたよ。タロキチ君と散歩してる郁君」

「おや、本当に当選したのかい？　当選決める係の人脅したとか？」

「脅してねーよ!!」

本気で疑っている夜鳥に頼政は叫んだ。

何て失礼な。父には投函前のはがきを見られて怯えられたが、母には親指を立てられたのだ。

今回はいける。そんな自信が頼政にはあった。

「仕方ないなぁ、信じるよ。それで何が当たったの？」

「秋の果物セットです。巨峰に林檎《りんご》に栗《くり》。これで親にフルーツタルト作ってあげようかなって」

「私は？　私は？」

「やけに食い付きがいいな……そして、必死」

「だって『俺』と君の仲だし」

そう告げる夜鳥に頼政は「はいはい」と笑う。

「ちゃんと夜鳥さんのもありますから心配しないでください」

「うん、それでこそ私の親友」

「そんな大げさな……」

肩を竦《すく》めながらも頼政は口元に笑みを浮かべる。


今でも時折、暗い記憶の底から聞こえてくる忌まわしい水音。

異質の街で出会った黒い異形が優しく微笑む。

まるであの世とこの世の境目のような場所。永遠に明けることのない夜の中で頼政は、一人の友人と出会った。

Episode.5

夜の世界を夜の化物と歩く

Yatori Natsuhiko's Antique cafe
Presented by Hari Garasumachi
Illust by Shizu Yamauchi

「頼政《よりまさ》、もしパパとママが離婚したらどっちについていきたい？」

「え……？」

『彼女』にそう聞かれて頼政は戸惑った。

離婚とは何なのか。よく分からないなりにも、両親が離れればなれになってしまうことは分かる。

同じクラスの女子も親が離婚して、父親に引き取られたそうだが、いつも遠くに住んでいる母親に会いたいと言っている。

だから、離婚はものすごく怖いものだと頼政は思っていた。その離婚の話を『彼女』が笑いながらしている。頼政は言い様のない不安に駆られた。

「ど、どうして？」

「え？」

「どうしてそんなこと聞くの？」

ただの冗談であってほしい。そう願う頼政に『彼女』は少し悩む素振りを見せてから口を開く。

「ごめんねぇ、頼政。パパとママは離婚するのよ」

「嘘《うそ》……そんなこと言わないでよ」

「嘘じゃないわよ。本当のこと。ちゃんと二人で話し合って決めたことなのよ」

「嘘だよ！　だって、だって……」

離婚は子供たちにとって怖いことだが、大人たちにとっても辛《つら》いことだと皆が言っていた。親は泣いたり怒ったりして嫌な思いをたくさんして離婚する。

「パパもママも笑ってる……」

なのに、『彼女』も『彼』も嬉《うれ》しそうに笑みを浮かべている。それが理解できなくて、頼政は混乱した。

「嬉しいさ。俺もこいつも別れたいって思っていたんだからな」

「何で⁉　僕はずっと三人でいたいよ！」

「頼政。気持ちは分かるけど、そういうわけにはいかないのよ」

思わず叫んでしまった頼政に『彼女』は宥《なだ》めるような声で言う。

「だって、パパとママは違う人と結婚したいって思っているんだから」

だからってそれを直接子供に言う親がどこにいる。頼政はあの時のことを思うたびに、そう思う。

何年も経《た》ってから分かったのだが、『彼女』は頼政が通う学校の教師と、『彼』は会社での部下と浮気をしていた。その浮気がそれぞれ発覚した時、彼らは互いをさほど責めなかった。

自身が怒れる立場ではないと思っていたこともあるだろうが、都合がよかったのかもしれない。

どちらも他に愛したい人間がいる。だったら、このまま夫婦なんて続けていないで離婚してしまおう。それが二人の選択した道だった。

「僕、僕は……」

「頼政、ママにしておけ。俺は料理が下手だからな。毎日美味しくないご飯なんて食べたくないだろ?」

「そんなことないわよ。パパのほうがいいと思うけどな。だって、ママは車の免許なんて持ってないから頼政を連れて遠くに行けないもの」

自分たちが作った子供なのに、彼らは互いが互いに押し付けようとした。きっと離婚したらすぐに相手の元に行くつもりだったのだ。

それでも、頼政は怒ろうとせず、泣きそうな顔で首を横に振った。

「僕、どっちもやだ……」

「パパとママが嫌いになっちゃった？」

「ううん……大好きだから離れたくない……」

そう言って嗚咽《おえつ》を漏らす頼政に二人は顔をしかめた。それが悲しくて頼政はさらに涙を流す。

自分はいらない子供だ。遠回しにそんなことを言われているような気がした。

今まで愛し続けてくれて、あとから自分勝手な理由で捨てるなら、最初から愛してくれないほうがずっとよかった。


ちょうど、この頃からだった。毎日遊んでくれた友人たちが頼政を避けるようになったのは。

休み時間になると皆頼政を置いて遊びに行き、放課後は頼政とともに帰る者は誰もいない。給食の時間も話しかけてくることがなくなった。

その理由を聞くと、一人だけ「親に頼政と仲良くするなって言われた」と答えてくれた。

大人は敏感な生き物で噂《うわさ》好きだ。だから、頼政の家のことは多くの保護者の間で話題になっていた。

何か揉《も》め事が起きた時に厄介事に巻き込まれたくない。そんな気持ちで我が子を遠ざけようとしたのだろう。

「頼政、今日俺んちこない？」

そんな中でたった一人だけ頼政と仲良くしてくれた男子がいた。

休み時間になると声をかけてくれて、放課後は一緒に帰った。前まではほとんど関わりがなかったのに、頼政が孤立し始めた頃に彼は近付いてきた。

二人でその男子の家に行く。頼政の家よりもずっと立派な一軒家だった。所謂《いわゆる》金持ちの豪邸だ。昔の頼政はどういった職業か分からなかったが、男子は親が不動産店を営んでいるといつも自慢げに語っていた。

家に入ると、男子の母親に出迎えられた。よく来たわね、と優しい声で言われて頼政は嬉しくなった。

「すごいだろ。これ全部高いんだぞ！」

男子がそう言って紹介したのは部屋の隅に並んでいる壺だった。父親が集めているらしい。

頼政にはそれが高いか安いかは見て判断できなかったが、立派そうなのは分かった。色鮮やかなものからくすんだ色まで。様々な壺を眺めていると、頼政はある壺から音が聞こえてくることに気付いた。

川のような模様が描かれた薄茶の壺。それに近付くと、やはり音がした。

ザー……ザー……というその音を頼政は最初、テレビの砂嵐の音だと思った。だが、よく耳を澄ませると、それは川の水が流れる音のようにも思える。

「どうしたんだよ、頼政？」

一つの壺ばかり気にする頼政を不思議そうに男子が呼ぶ。

「この壺、すごいね。中から音が聞こえてくるよ」

「音？　そんなの聞こえないぞ」

「だって……」

「頼政くーん」

頼政を男子の母親が呼ぶ。男子も一緒についていこうとすると、母親に止められていた。自分だけを連れて廊下に出た男子の母親に頼政は首を傾《かし》げた。

「あの……僕何かしました……？」

「ううん、そうじゃなくて色々話聞かせてくれないかなー？」

「話？」

「頼政君のご両親のこと」

そう言って笑う女に頼政は顔を強張《こわば》らせた。頼政のことを何も考えずに離婚するのだと言った両親と同じ顔をしている。

「ぼ、ぼく何も知りません」

「大丈夫、そんなに難しいことじゃないから。お母さんが仲良くしてる男の人っても
しかして……」

「知りません。ほんとに、知らないんです」

知りたいとも思わない。頼政は逃げるようにその家から飛び出した。

玄関の前で立ち尽くしていると、頼政を追ってきた男子が様子を見に来た。

「頼政」

「ごめん、あの……」

「もう、明日から俺に話しかけてくんなよ」

「……？」

「母さんが頼政と仲良くしろって言うから仲良くしてたんだけどさ、もうそれやめて
もいいって。俺もお前と一緒にみると皆から嫌な顔されるからやめたかったんだ。そ
んじゃな」

ばたん、とドアが閉まる音に頼政は肩を震わせた。

頭が真っ白になって何も考えられない。震える足で何とか歩きだすと、少し離れた
場所から誰かが男子の家を眺めていた。

黒いコートに黒い帽子をかぶった黒髪の男だった。

黒服の大人と聞くと、あまりいいイメージを持てなかったはずの頼政が暫《しば》し彼に魅入ってしまったのは、今まで見たことがないくらいに綺麗《きれい》な顔をしていたからだった。黒に包まれているせいか、肌の白さが引き立っている。

あの男子の家に何か用事があるのだろうか。そう考えていると、目の前を車が横切った。

「……あれ？」

車が通りすぎたあと、黒い男は消えていた。辺りを見回してもどこにもいない。

ほんの一瞬で消えた男に頼政はただ呆《ほう》けることしかできなかった。

†

家に帰ると、『彼』と『彼女』が喧嘩《けんか》している場面によく出くわすようになった。

その内容はどちらが頼政を引き取るかだった。二人とも頼政を引き取りたいからではない。その逆の理由で相手に引き取らせようとしている。

「お母さん、あのね……」

「ああ、今忙しいから黙ってて。早く夕飯作らないと」

「作るの大変なら僕も手伝うから」

「いいから部屋に戻ってて」

料理を手伝うといつも『彼女』は嬉しそうに礼を言って褒めてくれた。だから頼政は『彼女』のために積極的に手伝った。

なのに、今は嫌そうに顔をしかめて突き放す。褒めてほしかったから包丁の使い方も、火加減も覚えたのに。

包丁で手を切ったこともあるし、熱い鍋を触ってしまって火傷《やけど》をしたこともあった。それでも、『彼女』が喜んでくれたから頑張ったのだ。

「お父さん、今度の授業参観……」
「馬鹿か？　離婚する時にそんなものに出られるわけないだろ」

『彼』は授業参観の時になると、すごく楽しみにしてくれた。一度、仕事が忙しくて学校に来られなかった時は申し訳なさそうに謝ってくれた。

なのに、もう『彼』が授業参観に来てくれることはない。頼政はそう感じた。

「お母さん、お父さん……おやすみ」

返事がない。色んなものを堪《こら》えて布団に入り込む。

瞼《まぶた》を閉じるとすべてが黒くなる。『彼女』の顔も『彼』の顔も見ずに済む。二人の顔が嫌そうに歪《ゆが》むのを見ていたくなかった。

眠れば考えることもしなくなる。夢の中では二人も優しい。

いっそのこと、ずっと眠り続けていられたらいいのに。頼政は早く、早く眠ってしまえと思い続けた。


何もない、暗闇の中を歩いていると水の音がした。

今日、友達『だった』男子の家にあった壺から聞こえた音と同じだった。

その音を頼りに歩き続けていると、周囲がほんの少しだけ明るくなった。上からの微《かす》かな光に顔を上げると、青白い月が雲と雲の隙間から顔を覗《のぞ》かせていた。

そこは頼政が毎日学校に行く時に通っている道だった。

だが、人の気配がない。

家の前に止まっている車には誰かの名前がマーカーのようなもので大きな字で書かれており、運転席には片目が飛び出た熊のぬいぐるみが乗っている。

ある家の庭の花壇には人の写真が貼られた看板が無数に刺さっており、街路樹には輪になった縄がぶら下がっていた。

そして、音に惹《ひ》かれるまま川辺まで辿《たど》り着くと、黒い何かが立っていた。それは人と言うべきなのだろうか。ぐにゃぐにゃと柔らかそうな体と口しかない顔。

その異形に戸惑って立ち止まった頼政に気付いた『それ』は口を笑みの形にした。

そして、けたけたと笑いながら近付いてきた『それ』に頼政は口を開いた。

「僕のこと、嫌いじゃないの？」

皆嫌そうな顔をして頼政から離れる。なのに、笑顔で寄ってきた異形にこちらまで笑顔になってしまう。

『それ』は頼政の問いに首を縦に振ると、川のほとりに座って手招きをした。隣に座っていいということらしい。

頼政は素直に『それ』の横にしゃがみ込んだ。

「あのね、あのね、僕の友達になってくれる？」

『それ』はまた首を縦に振った。

狂った世界の中で頼政は一人の友人に出会うことができた。


頼政は毎日、この夢を見るようになった。

か細い月光を頼りに夜道を歩き、川辺に行くと『それ』がいる。『それ』が言葉を発することはないので、こちらがずっと自分の話をするばかりだったが、頼政にとっては楽しい時間だった。

何故なら『それ』はずっと笑って頼政の隣にいてくれるからだ。その見た目なんてどうでもよかった。

嫌わないでいれくれたら、何だって。

†

「あら〜！　頼政君、美味しそうに焼けたわねぇ」

担任の教師に褒められる。頼政が調理実習で焼いたクッキーはクラスの中で一番出来がよかった。クッキーは何度か『彼女』と一緒に作ったことがあったからだろう。

クッキーを一口食べてみると、少し熱いくらいで生地に練り込んだチョコの甘みが口の中に広がった。

「すごいねぇ、頼政君。ほら、皆も見てみて！」

担任に言われて一応見にくるも、クラスメイトは皆面倒臭そうにしていた。

担任だってこの空気には気付いていたはずだった。

なのに、何もそのことには触れなかったのは、関わりたくないと思っていたからだ。

上辺だけ優しくて、担任は肝心な時に頼政の助けにはならなかった。

焼いたクッキーを入れた袋をランドセルに入れて帰り道を歩く。

クッキーは美味しかった。なので、『彼』と『彼女』にも食べてもらいたい。食べてもらって、えらい子だと褒めてほしかった。そうすれば、また以前のように愛してくれる。離婚した時に引き取りたいと思ってくれるかもしれない。そんな期待があったからだ。

「ただいま、お母さん。これ食べて。今日学校で焼いたんだよ」

「ふーん……」

家に帰り、『彼女』にそう報告すると、袋から一枚クッキーを取り出して口に運んでくれた。

「どう？」

「……子供が作るクッキーってこんな低レベルなの？ 甘くすればいいってものじゃないんだけど。もういいわ、ごちそうさま。あとはパパにあげてちょうだい」

だが、『彼』は食べることすらしないかもしれない。

『彼女』と違って、あちらは強い言葉で頼政を叱責《しっせき》するようになった。昨日は夕飯で食べるのが遅いという理由で延々と怒り続けたのだ。話しかけるのが怖い。

考えた末に頼政はクッキーの入った袋を手にして外に出た。

「……いないかな。やっぱり」

夢の中であの異形といつも会っている川辺にきてみたものの、どこにもいない。少し落ち込んだあと、頼政は川の手前でしゃがんでクッキーを袋から取り出そうとした。川に入れれば、流されて夢の中まで届けられるかも。そんな子供らしい発想によるものだった。

「君、それを捨てるつもりか？」

穏やかな青年の声が背後からした。

驚いて振り向くと、始めに黒が目に飛び込んだ。全身に纏《まと》った黒と、見る者を魅了するような顔立ち。

あの時、すぐにいなくなってしまった青年だった。

それから、今の頼政にとってはたった一人の存在だった。

「……僕に会いにきてくれたの？」

「さて、何の話か。私を誰かと勘違いしているんじゃないのか、君」

青年の言葉に頼政はハッとする。

この青年も、あの異形も黒いせいで同一人物だと錯覚してしまったのだ。恥ずかしさと申し訳なさに頼政は頬を赤く染めながら頭を下げた。

「ご、ごめんなさい！　間違えました……」

「子供の勘違いなんて可愛《かわい》いものだ。怒ってなどいない。ところで、もう一度聞きたい。君はそれを捨てるのか？」

青年が目線を送ったのは、たった今頼政が川に流そうとしていたクッキーだった。捨てるというより、夢へ届けるつもりだったのだが。そう告げると、青年は「面白いことを考えるな」と言った。

「現実なら夢想へ物質を送ることは実質不可能だ。やめておけ」

「……じゃあ、捨てる」

「何故？　君が食べればいい」

「食べたいって思えないから」

誰にも食べてもらえないなら、こんなものあっても意味はない。

何だか気持ち悪くなって自分で食べる気もしない。だから、頼政は袋を逆さにしてクッキーを落とした。

横から伸ばされた男の掌《てのひら》が落ちてきたクッキーを受け止める。

「だからと言って粗末にすることはない。捨てるなら私が貰《もら》おう。それでいいだろう？」

男にそう尋ねられ、頼政は恐る恐る頷《うなず》いた。その場に座った男の隣に座る。あの夢の中のようだ。

男はクッキーを色んな角度から眺めたあと、それを口に運んだ。

「あの、美味しくなかったら捨ててください」

「いや、普通に美味しいと思う。なるほど、これがクッキーというものか」

「……クッキー食べたことなかったんですか？」

「クッキーどころか君たちが食べている物のほとんどだろうな」

男は目を細めてそう言った。

この人は普段何を食べているのかな、と頼政は目を丸くする。

「人間になったばかりだ。まだこの体にも慣れてない」

「？」

「こちらの話さ。気にしなくてもいい。それより君に一つ忠告したいことがある」

男は頼政を顔をじっと見詰めながら話を続けた。

「先ほど言っていた夢の世界にいる友人についてだ。あれのことはもう忘れろ」

「あの人のこと、誰か知ってるんですか？」

夢では相変わらず、頼政の友人は笑うだけで喋《しゃべ》ろうとしない。

知らなくてもいいならそれで構わないが、たった一人の友人だ。できれば知りたい
という気持ちが頼政の中にあった。

問いかける頼政を男は静かに見下ろす。

「あれは人間ではなく、怨嗟《えんさ》から生まれた化物。君が思っている以上に危うい存在だ」

「えん……さ？」

「君はあれの夢を見る前に、奴《やつ》の巣であろう壺を見ているはずだよ。そして、その壺から発せられる音を聞いたはずだ。どうだろうか？」

すべて当たっている。頼政は何度も頷く。

「あれは人間の憎悪、悲哀、苦痛といったものを餌として喰《く》らい、肥大化する性質がある。君に目を付けたのも恐らくそれだ。あれに会いたいと考えるな。夢に現れたということは、いつか君そのものを喰らい尽くすつもりだと考えていい」

お化けみたいなものだろうか。こんな不思議なことが起こるなんて初めてで、何だか現実感がない。

男の話は難しくて頼政にはよく分からなかった。だが、あの黒い何かも自分を利用するつもりだったことは感じ取れた。

また、また友達だと思っていた者に裏切られた。

青ざめる頼政に青年は顔を近付けた。

「傷付けてしまったのなら申し訳ない。詫《わ》びと言っては何だが、君の望みを叶《かな》えてやろう。たった一つだけ」

囁《ささや》くように告げる男に頼政は目を見開く。

望みを一つだけ。

「誰かを消してほしい、でも構わない。目の前で苦しむ姿が見たいのなら、それもよしとしよう。あれに目を付けられるほどに重荷を抱えた君が……」

「ずっと」

男の言葉を頼政の声が遮る。

「ずっと僕の友達でいて、くれますか」

誰が憎い、誰に仕返しをしたいわけではない。

どんなことがあっても、頼政の側から理不尽な理由でいなくならないでほしい。

そんな些細《ささい》な望みを叶えてくれる人が一人でもいてくれるなら、それだけで十分。

その一心で告げた頼政はすぐに俯《うつむ》いた。男が少し驚いたような表情をしていたからだ。

「あの、ダメならいいです……けど」

「いや、承ろう。……これはその証《あかし》だ、受け取りなさい」

そう言って男が頼政に差し出したのは指輪が通された銀色の細いチェーンだ。

指輪の中心では青色の宝石が光り輝いている。

「お守りだと思って着けておくといい。君を守ってくれる」

「こ、こんなに綺麗なものっ、あのっ」

慌てる頼政に男は首を横に振る。

「綺麗だからこそ綺麗な君に渡した。そういうことだ」

男の言葉の意味を考えながら頼政はそっと手を出す。

小さな掌に置かれたチェーンは太陽の光を受けて輝き、指輪の宝石はどこまでも深い青色をしていた。

それを見下ろし、もう一度顔を上げた時、男はどこにもいなかった。頼政はひんやりと冷たい鎖をぎゅ、と握り締める。

自分の馬鹿みたいな願いを叶えることの証がこんなに高価なものでいいのだろうか。

†

チェーンを首に通してみると、ペンダントのように見えて、頼政は指輪を服の中にしまいこんだ。

あの男がくれた物を誰にも見せたくない。たとえ、『彼』と『彼女』にも。

中身のなくなった袋を持って家に帰ると、知らない車が停まっていた。

「……ただいま」

「あ、おかえりなさい。頼政君」

「大きくなったなぁ、頼政」

一年に二、三度顔を合わせている親戚の夫婦二人がリビングにいる。そして、その向かい側に不機嫌そうな『彼』と『彼女』がいた。

「……………？」

戸惑う頼政に夫婦が優しい笑顔を向けて言う。

「ごめんね、頼政君。ちょっと私たち、頼政君のお父さんとお母さんに大事な話があるから、別の部屋に行っててもらっていいかしら？」

「よし、おじちゃんが頼政と遊んでやろう」

そう言って夫婦の夫のほうが頼政を連れて、頼政の部屋まで連れていく。

「大事な話って？」

「心配するな。変な話じゃないから」

目の前の子供を気遣うように笑うその姿に、頼政は僅かに目を見開く。

「……離婚のこと？」

答えが返ってくることはなく、ただ頭をくしゃくしゃと撫《な》でられた。

……どのくらい経ったろうか。外が暗くなっても話し合いは終わらないようだった。

親戚の男がお菓子を持ってきたり、一緒にゲームをしてくれたが、頼政はずっと胸の中に気持ち悪いものが溜《た》まったままだった。

何を、話しているのだろう。男がトイレだと言っていなくなったのを見計らって頼政は部屋から抜け出した。

話に加わりたいのではない。せめて、その内容を知りたかった。

「何⁉　それじゃあ、まるで私たちが悪者みたいな言い方じゃないの⁉」

廊下を歩いていると、『彼女』の怒鳴り声が響いてきた。

思わず固まっていると、今度は親戚の女の声がした。

「みたいじゃなくて悪者でしょうが！　どっちも浮気してるから離婚するってだけでも十分地獄だけど、それで頼政君を邪魔者扱いとか何考えてんの⁉」

「別に邪魔者扱いなんて……」

「そこで気まずそうに黙ってるあんたの馬鹿旦那が会社の同僚と飲んでた時にそれを愚痴ってたのよ！　そして、その同僚は私の旦那の友人‼」

「あ、あいつ黙ってろって言ってたのに……！」

「何？　あんたたち、あの人責めるわけ？　子供のことお互いに押し付けようとした連中にそんな資格あると思ってんの⁉　言ってみろ‼」

バン、と物を叩《たた》くような音が聞こえた。親戚の女によるものだろう。

早く、部屋に戻らないと。そう思っているのに頼政の足は動かなかった。

心臓が速く動いている。くらくらする。

立ち尽くす頼政をトイレから出てきた親戚の男が見付け、慌てて駆け寄る。

「頼政、おじちゃんとまたゲームしてあそ……」

「私たちが別れて、それで頼政がどうなろうとあなたたちに関係ないじゃない！」

『彼女』がけたましい声で叫んだ。

「私たちだって好きで結婚したわけじゃないから！　子供ができたから仕方なく籍入れただけで……！」

「はぁ!?　それと頼政君が何か関係ある!?」

「うるさいうるさいうるさい！　あんな……あんな子供産むんじゃなかった!!」

その直後、変な音がしたあとに『彼女』が痛そうな声を出した。

親戚の女に殴られたらしい。

産むんじゃなかった。

「よ、頼政……」

「ごめんなさい」

表情を強張らせた親戚の男に頼政は呟《つぶや》くように言った。

「産まれてきて、ごめんなさい」

それだけを告げて頼政は家から飛び出した。


夜道を延々と走り続ける。

夢の中で通った道とは違い、ちゃんと人や車ともすれ違う。花壇にも可憐《かれん》な花が植えられている。

だが、頼政には確信があった。あの場所に行けば、きっと『あれ』がいる。自分を待っている。そんな希望とともに走り続ける。

（いらない。僕なんてもう誰にも必要とされていない。産まれてこないほうがよかったなら、どんな形でもいいから何かの役に立たないと）

水の音が聞こえる。

辿り着いた川辺で頼政はその姿を見付けた。夢の中で何度も出会った黒い何かが頼政を見て笑っている。その笑顔を見て頼政はそっと瞼を閉じた。

今なら分かる。あれは楽しいから笑っていたのではない。きっと嘲笑っていたのだ。最初から存在するべきではなかった子供を。

「いいよ。餌にしても」

頼政は目を開けてそう言った。

「僕のこと、食べたいなら食べていいよ。だって、そしたら君は喜んでくれる」

肯定するように黒い異形はけたけたと笑うと手招きをした。頼政も笑みを浮かべて一歩一歩近付いていく。

そして、それの前に立つと手を掴《つか》まれて——次の瞬間には自分は水の中にいた。落とされたのだろう。

「………………」

全身を水が包み込むような感覚。

学校のプールとは違い、青ではなく黒い水の中へと沈んでいく。

不思議と冷たさや息苦しさは感じなかった。或《あ》るいは麻痺《まひ》しているのかもしれない。

暗闇の世界で唯一、頼政を水中へ引きずり込んだ者の口が弧を描くのだけが見えた。

ライオンに食べられる動物のようにあの口に噛《か》み殺されるだろうか。頼政はほんの少し芽生えた恐怖から逃れるように瞼を閉じようとして、自分の胸元が青く光っていることに気付いた。

服の隙間から外に投げ出されたチェーンに繋《つな》がれた指輪が光を帯びている。

水の底から白い手が何本も伸びてくるのが分かった。そして、黒い異形に無数の手が絡み付き、頼政から引き剝《は》がす。

「────!!　────!!」

笑みばかりを浮かべていた口が苦悶《くもん》しているように大きく開く。

手に引っ張られて身動きが取れないまま、下へと沈んでいく姿をぼんやり眺めていると、背後から誰かに抱き締められた。

振り向くと、指輪をくれたあの男が頼政を抱えながら、冷たい眼差しで異形を睨《にら》み付けていた。

水中から引き上げられた瞬間、頼政は強烈な息苦しさを覚えて呼吸を荒くして空気を吸い込んだ。

「大丈夫か？」

対する男は息一つ乱す様子を見せず、頼政を見守っていた。

今まで感じたことのような息苦しさから解放されたくて、無意識に胸に手をやると、指輪がチェーンごとなくなっていた。川の中に落としてしまったのだろうか。また黒い川へ入ろうとすると、男に頬を触れられた。

「私は君が思っている以上に君を気に入っている。君が望んだ望みを叶えるためなら何だってするつもりだ」

頼政は自分の頬に触れる男の手を見て、一瞬息を詰まらせた。『その手』は明らかに人間のものではない。硬直していると彼はその手で頼政の頭を撫でた。

「まだ、この姿には慣れていない。……だが、もっと人間に近付けるように努力する。だから、君が捨てようとしているものをすべて私に渡せ」

その声は凪《な》いだ海のように静かで頼政の心をそっと揺らした。

「そうすれば、いつまでも私は君の側にいる」

「……本当に？」

「子供には嘘なんてついたりしない」

「僕のこと嫌いに……ならない？」

溢《あふ》れ出した涙を拭うことなく、縋《すが》るように聞くと男は「まさか」と否定の言葉を口にする。

「人間になった私を初めて求めた君を拒絶しない」

その答えに頼政は何度も口を開いてはまた閉じる動作を数回繰り返した。

そして、ようやく声を出すことができた。

「ありがとう……」

†

あの出来事のあと、いくつかの変化だったり事件が起きた。

まず、頼政があの親戚の夫婦に引き取られて彼らの子供になったこと。『彼』と『彼女』についてはどうなったか分からない。ただ、あれ以来顔を会わせておらず、向こうから連絡はきていない。

次に例の壷が家にあった男子の家で火事が起きた。男子以外の全員が焼死、男子自身も意識不明の状態が続いている。

噂によると、その家で集めていた壷はたった一つを除いてすべて割れていた。川の模様が入った壷だけは煤《すす》けてすらいなかったそうだ。

そして、最後。これは頼政自身に関することだ。

サイコメトリーの能力に目覚めたのだ。

原因はあの異形に触れたことらしい。多くの思念を喰らい続けたあれと接触したがための副作用だろうと夜鳥《やとり》は語っていた。

「テーブルに鍋敷き置いてくださいねー」

「はい。今度コンロ買おうかなぁ。そしたら、常に熱々の鍋が食べれるし」

「夜鳥さんにこういうのの保管任せておくの不安でしかたない」

初めて出会った時とまったく同じ姿で夜鳥は今もいる。

ため息をついて、鍋敷きの上に鍋を置く。

豆乳と調味料が混ざり合ったスープの中で様々な具材が煮込まれている。本日の夕飯は豆乳鍋だ。

夕飯を食べる場所は二階の部屋だ。そこでテレビを観ながら食事をともにする。

これが基本なのだが、以前これを両親に話したら盛大に誤解されて本気で焦ったことがある。

どのように誤解されたかというと、ストレートに言えば恋仲だと勘違いされたのだ。泊まっていっても構わないと、優しい笑顔の父から言われて頼政は愕然《がくぜん》とした。

夜鳥は食事を終えてしばらくすると、桐子《とうこ》部屋にこもって桐子の石像を磨いている。そんな男の家に泊まるのは一種のホラーである。

夜中に目が覚めた時にもっと見てはいけないものを目撃してしまいそうだ。

「おっかねぇ……」

「ん？　何が怖いんだい、頼政？」

「夜鳥さんところに泊まった時のことを想像してつい」

「泊まっていくなら朝まで君を寝かせないけど……」

「ほんとにおっかない発言しやがったよ、この人」

「冗談だよ。私だって桐子さんの部屋のリフォームで夜中は忙しいし」

夜中にそんなことをやっているから朝、中々起きられないのでは。頼政はお椀《わん》に鍋の具を盛りながらそんな疑問を抱く。

「でも、朝から君がいるのはいいかも。二人で朝のニュース観ながら色々語りながら朝食を摂《と》るのは悪くないよ」

「語るのは食べてからにしましょうよ。喋りながらだと行儀悪いし」

「そうだね。頼政がそう言うなら、あとにしよう」

そう言ってお椀を受け取る夜鳥を頼政はぼんやり見詰めた。

思えば、彼は昔はここまで感情豊かではなかったはずだ。

極度の人間不信と自己嫌悪に飲まれて何もかも捨てようとした頼政を引き留めてくれた優しさはあったが、こんなふうに笑って喋る男ではなかった。

よく頼政の行動を観察していたし、ずっとテレビを観ながら何かを考えている様子だった。

(そういや、人間に近付けるようにとか言ってたなぁ。この人なりに色々調べてたのか?)

彼が人間であっても、そうでなくてもどうでもいいのだが、少し間違った近付き方をしてしまった気がしないでもない。

主に好意を持った相手の石像を自作する部分などが。

「夜鳥さん」

「何?」

頼政からお椀を受け取りながら夜鳥が返事をする。

「人間として生きるの、どんな感じですか？」

特に深い理由はない。気になったから聞いてみた。

そんな気軽さで尋ねると、夜鳥は頬杖《ほおづえ》をついて笑った。

「楽しいよ。君の望みを叶える権利を世界でただ一人俺だけが持てたわけだし」

「はぁ……」

想像よりも重い答えに頼政は困ってしまった。

あの約束は彼の中でそれなりに大事にされているらしい。

今の今までこの奇妙な友情が続いているのは、夜鳥の気分によるものだと思っていただけに反応が鈍くなる。

「こら、せっかく人がいいことを言ったのに……これだから、君はいつまで経っても恋人も友人もできない」

「人が気にしてることを相も変わらずズバズバと……」

「それはともかく、鍋食べようよ」

「そうですね。早く食べないと冷めちゃうし」

早速スープを啜《すす》ってみると、豆乳のまろやかさが口に広がった。

くたくたになった白菜も味が染み込んでいくらでも食べられそうだ。

冬はやっぱり汁物だ。黙々と食べていると、夜鳥が頼政をじっと見詰めていた。

「……あの、何か？」

「いや、少し思っただけだよ。君がいなかったら俺はこういう人間にはなっていなかったとね。俺は君にとって理想の友人になれたかな」

その言葉に頼政は目を丸くしたあと、「馬鹿だなぁ」と呟いた。

理想の友人になれたか、なんて分かりきったことをどうしてこの男は聞くのだろう。姿は変わらなくても、共にいてくれる約束は守ってくれているのだ。

彼がどんな存在であろうとも、その約束さえあればいい。それ以外のことなど重要ではなかった。

「君が望むならそれ以上の仲にもなるよ」

「おいやめろ、その意味深な発言」

頼政はそう呟いてから豚肉を食べた。

少し高めの肉を買ったおかげで臭みもなく、マイルドな味付けのスープとの相性がいい。

夜鳥もようやく食べ始めたようで、お椀の中を息を吹きかけて冷まそうとしている。

「まあ……友達以外だったら家族が一番いいかもしれないですね」

「でも、君にはもう家族がいるだろう。血は繋がってなくても君を愛してくれている」

「家族は一人でも多いほうが楽しいと思いますよ」

そう告げると、夜鳥は何故か困ったような表情で固まってしまった。

話を持ち出したのはそっちなのになと、頼政は目を丸くした。

「君は変わり者だな」

「ええ？」

「化物を家族呼ばわりしていると、いつか後悔するよ」

そう言ってスープを一口飲んで「美味しい」と呟く夜鳥はどういうわけか、いつもよりもほんの少し幼く見えた。その姿を見て頼政は苦笑する。

化物だろうか人間だろうか、別にいいのだ。誰からも必要とされないガラクタのような存在だった一人の人間に価値を見出してくれるのなら。

いつか、そのことで苦悩する時が訪れるとしても。


そして、そのほろ苦い未来はすぐそこまで迫ってきている。

了

メゾン文庫

夜鳥夏彦《やとりなつひこ》の骨董喫茶《こっとうきっさ》

2018年7月20日　初刷発行

著　　者　硝子町玻璃《がらすまちはり》

発 行 者　原田 修

発 行 所　株式会社一迅社
〒160-0022 東京都新宿区新宿2-5-10 成信ビル8F
電話　[編集]03-5312-7432
[販売]03-5312-6150

発売元:株式会社講談社(講談社・一迅社)

印刷・製本　大日本印刷株式会社

D T P　株式会社三協美術

装　　丁　AFTERGLOW

ISBN978-4-7580-9065-0　C0193

本書は「小説家になろう」(https://syosetu.com/)に掲載されていたものを改稿の上書籍化したものです。